ULLSTEIN

Lustgeflüster
Erotik bei Ullstein:

Louisa Campion: *Lustgeflüster*
Rebecca Ambrose: *Hemmungslos*
Chris Stevens: *Herzrasen*
Die Perle – Ein erotisches Magazin und andere galante Raritäten
Marquis de Sade: *Justine*
Lonnie Barbach: *Wildkirschen*

Chris Stevens

Herzrasen

Roman

Aus dem Englischen
von Desirée Blankenburg

Ullstein

Ullstein Taschenbuchverlag 2002
Der Ullstein Taschenbuchverlag ist ein Unternehmen der Econ Ullstein List Verlag GmbH & Co. KG, München

Titel der englischen Originalausgabe: Côte d'Azur
Übersetzung: Desirée Blankenburg
Umschlaggestaltung: Thomas Jarzina, Köln
Titelabbildung: zefa, Düsseldorf
Gesetzt aus der Palatino
Druck und Bindearbeiten: Ebner & Spiegel, Ulm
Printed in Germany
ISBN 3-548-25473-X

1

In der Kurve blieb ich stehen, um wieder zu Atem zu kommen. Mein Herz klopfte schmerzhaft. Elend hockte ich mich auf die niedrige Steinmauer zwischen der Straße und dem Feld. Ich konnte mir nicht länger vormachen, daß es mir besserging. Meine Kondition hatte sich im letzten Jahr ständig verschlechtert, und jetzt, nur eine Woche nach meinem neunzehnten Geburtstag, fühlte ich mich wie ein siebzigjähriger Invalide und hatte wahrscheinlich auch nur noch die gleiche Lebenserwartung. Traurig blickte ich zum klaren blauen Himmel auf, atmete tief den Duft des wilden Jasmin ein und sah über den Hügel hinunter auf das Mittelmeer. Es war zu grausam, all das verlieren zu müssen. Die Grillen zirpten spöttisch, und ihre Paarungsrituale erinnerten mich daran, daß ich dieses letzte Geheimnis der Vereinigung mit dem anderen Geschlecht nie erfahren hatte.

Um mich von meinen morbiden Gedanken abzulenken, blickte ich den Hügel hinauf zu meinem Ziel, der Villa, in der ich mit meiner Stiefmutter lebte. Die ruhige Schönheit und die prächtige Lage des Anwesens besserten normalerweise meine Stimmung, aber heute schienen sie meinen Jammer nur noch zu verstärken. Vom Haus aus hatte man einen freien Blick auf das Fischerdörfchen Festigny-sur-Mer. Mein Vater hatte das Haus vor zwanzig Jahren gekauft, kurz vor meiner Geburt und kurz bevor Grundbesitz in diesem Teil Frankreichs unerschwinglich teuer wurde. Nun gehörte es mir – oder es würde zumindest mir gehören, wenn ich einundzwanzig war. Meine Mutter war bei meiner Geburt gestorben, und mein Vater war, obwohl er zehn Jahre später Sarah, meine Stiefmutter, geheiratet hatte, über den Verlust seiner Jugendliebe nie hinweggekommen. Als ich fünfzehn war, wurde er schwer verletzt bei einem unerklärlichen Autounfall, der sich ereignete, als er von seinem Büro in Nizza nach Hause fuhr, und ein paar Tage später starb er, weil er offensichtlich keinen Lebenswillen mehr besaß.

Ich wurde aus meinem Selbstmitleid gerissen, als ich feststellte, daß auf dem Feld etwas Ungewöhnliches vor sich ging. Normalerweise standen dort zwei oder drei friedlich grasende Pferde. Heute war nur eine Stute dort zu sehen, aber jetzt hatte man einen gutgebauten weißen Hengst zu ihr gelassen, der sie mit tänzelnden Schritten umkreiste. Als er ihren Geruch in die Nase bekam, hob er den Kopf und wieherte. Ich konnte seine Spannung spüren, und sie griff auch auf mich über. Einen Moment lang stellte ich mir vor, ich wäre an seiner Stelle. Mein Herz klopfte, und ein süßer Schmerz stieg in mir auf. Ich packte die Mauerbrüstung so fest, daß meine Knöchel weiß hervortraten.

Zwischen seinen Beinen hing ein großes schwarzes Ding. Mit offenem Mund beobachtete ich fasziniert, wie er auf den Hinterhufen hochstieg. Sein Glied war hart und steif, riesig, leicht gekrümmt, wild und häßlich in dieser sanften Umgebung voller Sonne und Blumen. Mit nach Halt suchenden Vorderhufen landete er auf dem Rücken der Stute, und dann erfolgte ihre Paarung wie eine kraftvolle, wütende Explosion.

Aus den Nüstern des Hengstes drang Schaum, die Stute warf den Kopf zurück, erschauerte und wieherte, ob aus Angst oder Lust, konnte ich nicht sagen. Nach zehn oder zwanzig Sekunden war alles vorüber. Ein paar Momente wilder Lust und dann wieder Ruhe.

Das Kichern eines Mädchens durchdrang die Stille. Der Bauer und seine Tochter lehnten am Weidezaun. Offensichtlich hatten sie das ganze Schauspiel beobachtet und gesehen, wie verzaubert ich davon war. Ich versuchte zu lächeln, war mir aber darüber im klaren, was ich für eine jämmerliche Figur abgab. Der Mann rief mir etwas zu und machte eine unmißverständliche Geste mit dem Arm. Das Mädchen, das höchstens fünfzehn war, drehte sich um und wackelte lachend mit dem Hintern. Ich sah ihr nicht länger hinterher, sondern stieg, so schnell mein klopfendes Herz es zuließ, den Hügel hinauf.

Es war typisch französisch, daß der Bauer seine Tochter mitnahm, um die Paarung zu beobachten. Und offensichtlich empfand sie das als ganz natürlich, als etwas, das zum Leben auf dem Land dazugehörte. Leider konnte ich jedoch mit dieser Zurschaustellung nicht gut umgehen. Jeder im Ort wußte über meinen Gesundheitszustand Bescheid. Ich konnte an nichts Anstrengendem teilnehmen und blieb deshalb lieber für mich allein. Aber der Ausdruck auf meinem Gesicht – hervorquellende Augen, offenstehender Mund – sagte ihnen wohl überdeutlich, daß Philip Spencer mit seinen neunzehn Jahren noch keinerlei Erfahrung mit derlei Dingen hatte. Heute abend in der Bar würde diese Geschichte dem Bauern bestimmt ein paar Drinks einbringen.

Ich lief den Hügel hinauf, in Gedanken immer noch mit dem beschäftigt, was ich gerade gesehen hatte. Gegen meinen Willen kamen die Bilder meines ersten und einzigen Versuchs einer Verführung zurück, ein trauriges Fiasko, weil ich bei dieser Gelegenheit auch zum ersten Mal meine Krankheit bemerkt hatte.

Es war kurz vor meinem siebzehnten Geburtstag gewesen. Ich war gerade aus meiner Schule, Repton in England, in die Villa zurückgekommen. In diesem Schuljahr war es fast ununterbrochen um Sex gegangen, wobei manche der Jungen behaupteten, bereits Experten auf diesem Gebiet zu sein, manche ihre Unwissenheit zugaben und manche, zu denen auch ich gehörte, gar nichts sagten. Vor diesem Hintergrund hatte ich es in meiner Verlegenheit unmöglich gefunden, eine Beziehung mit einem Mädchen im nächstgelegenen Ort einzugehen. Ich redete mir ein, daß es sicher einfacher wäre, wenn ich zurück nach Frankreich käme, weit weg von meinen Schulfreunden.

Natürlich war es das nicht. Die jungen Leute in Festigny waren nicht weniger klatsch- und tratschversessen wie die in Repton, und die buntgemischte Feriengesellschaft machte mich befangener denn je. Ich konnte mich nicht dazu überwinden, einem Mädchen Avancen zu machen. Die einzige Lösung, beschloß ich schließlich, war eine Verabredung mit einer Touristin. Wenn ich es verdarb, würde sie wenigstens nach ein paar Tagen wieder verschwinden.

Also begann ich eines Nachmittags in einem Café am Strand mit meinen Bemühungen. Eine englische Familie saß dort, studierte Landkarten und Reiseführer und stritt sich über den richtigen Weg. Die Tochter war ungefähr in meinem Alter und schien weder besonders hübsch noch besonders häßlich. Aber sie war weiblichen Geschlechts, im richtigen Alter, nicht abstoßend und würde innerhalb der nächsten Woche wieder verschwunden sein. Also setzte ich mich an den Nebentisch, bestellte ein Bier und bot dann meine Kenntnisse als Ortsansässiger an. Sie waren beeindruckt und geschmeichelt. Hier saß schließlich ein junger Mann, der perfekt englisch sprach, jedoch im Midi zu Hause war. Ich muß ihnen sehr weltgewandt und selbstsicher vorgekommen sein – was ich selbstverständlich überhaupt nicht war. Ich verlor keine Zeit und erzählte ihnen sofort, daß mir eine Villa in der Nähe des Orts gehörte (nun ja, fast jedenfalls) und daß ich reichlich Geld besaß. Ich empfahl ein Restaurant mit vernünftigen Preisen, in dem die Familie typisch französische Gerichte aus der Gegend bekommen konnte, und wies sie auch auf die schönsten Straßen entlang der Küste hin. Dann fragte ich die Mutter, ob ich heute abend mit der Tochter einen Spaziergang über den Promontoire machen könne, das Hügelland, das Festigny von Nizza trennt. Ich hielt diesen Annäherungsversuch für unbedenklich genug, die Familie jedoch war sogleich in Diskussionen verwickelt. Niemand wollte nein sagen, aber es konnte auch niemand ja sagen, am allerwenigsten Paula, die Tochter, da ich die Frage nicht an sie gerichtet hatte. Schließlich wurden sie sich einig, und wir kamen überein, daß ich sie um halb sieben am Hotel abholen sollte.

So weit, so gut, nur daß ich keineswegs so ruhig und weltmännisch war, wie ich mich gab. Ich raste nach Hause und überlegte mindestens eine Stunde lang, was ich anziehen sollte. Dann ging ich nach unten und sagte Sarah, meiner Stiefmutter, ich ginge mit einem Mädchen aus. Ich hoffte halb, sie würde mir, trotz unseres Altersunterschieds von nur zehn Jahren, rasch etwas über Blumen und Bienen erzählen. Statt dessen nickte sie nur. Warum sollte sie schließlich eine große Sache dahinter vermuten? Das Ereignis hatte ja lediglich in meinem Kopf eine so gewaltige Bedeutung angenommen. Niemand außer mir wußte, daß eine Verführungsszene bevorstand. Nach ihrem anfänglichen Mangel an Interesse schien Sarah jedoch meine Spannung zu spüren und merkte, daß dies für mich so etwas wie eine erste Gelegenheit war. Aber statt mir die so dringend erforderlichen Ratschläge zu geben, holte sie eine Flasche ihres selbstgemachten Weins und bestand darauf, daß wir auf den Erfolg meiner Verabredung anstießen.

Und was für ein Erfolg das wurde, um dies gleich vorwegzunehmen. Ich ging mit Paula über das Promontoire, zeigte ihr die atemberaubende Aussicht und verblüffte sie damit, wie vertraut ich mit all diesem Reichtum und dieser Schönheit war. Auf dem Rückweg stolperte sie auf dem steilen Felspfad, und ich konnte wie zufällig meinen Arm um sie legen, um sie zu stützen. Unter meiner Hand fühlte ich den Ansatz einer Brust. Danach gingen wir Hand in Hand weiter, und ich wünschte mir sehnsüchtig, sie küssen zu können. Aber Unentschlossenheit und Schüchternheit hinderten mich daran. Zwar konnte ich mich über alles mögliche mit ihr unterhalten, war aber nicht in der Lage, auch nur die kleinste intime Andeutung zu machen, geschweige denn, über Sex zu reden.

Als wir wieder am Fuß des Hügels angelangt waren, ging ich mit ihr zu einem winzigen, romantisch erleuchteten und unglaublich teuren Restaurant, Le

Tron, wo ich Wein und Essen bestellte. Ich hatte ganz richtig einkalkuliert, daß sie solchen Maßnahmen keine Widerstände entgegensetzen würde.

»Oh, Philip«, sagte sie leise, »ich habe den Abend so sehr genossen. Ich wünschte, ich müßte nicht morgen abreisen.«

Ich nahm ihre Hände in meine.

»Paula, ich habe deinen Eltern versprochen, dich um elf wieder zurückzubringen. Deshalb haben wir nicht mehr viel Zeit. Hältst du es für möglich, daß wir diese kurze Zeitspanne in einem Hotel, das ich kenne, verbringen können?«

In meinen Ohren klang dieser Vorschlag unglaublich, vor allem nach einem Abend, an dem wir uns nur unterhalten hatten. Paula sagte jedoch nicht nein. Sie schaute mich lange an.

»Ich bin Jungfrau.«

Wie leicht wäre es für mich gewesen zu erwidern, ich auch! Aber die dumme männliche Zurückhaltung bei solchen Geständnissen ließ das nicht zu. Ich beugte mich über den Tisch und küßte ihre Finger.

»Das habe ich nie bezweifelt.«

Würde es deshalb schwieriger sein? Wenn ich ein paar Jungen aus meiner Schule glauben wollte, war es sehr schwierig und sogar schmerzhaft, eine Jungfrau zu deflorieren.

An diesem Punkt begann es mir zu dämmern, daß ich es wirklich würde tun müssen. Äußerst nervös geworden, mußte ich eilig vom Tisch aufspringen, um zur Toilette zu eilen. Es gelang mir erfolgreich, meine Übelkeit zu bekämpfen, aber zumindest vor mir selbst konnte ich sie den ganzen Abend lang nicht verbergen. Sexuell erregt war ich in keinster Weise.

Paula fragte unsicher: »Und wo sollen wir hingehen?«

Ich antwortete ein bißchen zu schnell, wodurch ich sicher noch den Eindruck verstärkte, daß ich so etwas bereits einige Male getan hatte.

»Es gibt ein Hotel namens La Corse, das ein bißchen abseits von der Promenade liegt. Es ist ganz respektabel, aber nicht so überlaufen. Zur Villa können wir nicht gehen, weil meine Stiefmutter da ist.«

Am Ende überzeugte ich sie. Wenn etwas am Mittelmeer gut ist, dann die romantische Stimmung, die es erzeugt. Außerdem habe ich überhaupt keinen Zweifel daran, daß Paula ebensosehr ihre Jungfräulichkeit aufgeben wollte, wie ich entschlossen war, sie ihr zu nehmen. Wahrscheinlich hatte sie schon den ganzen Urlaub auf eine solche Gelegenheit gewartet.

Wir nahmen uns so unauffällig wie möglich ein Zimmer im La Corse. Der Nachtportier musterte mich zwar prüfend, aber mein Geld überzeugte ihn davon, daß wir alt genug waren, um zu wissen, was wir taten. Oben im Zimmer kam es mir vor, als sei ich auf einmal stumm geworden. Mir fiel nichts ein, was ich hätte sagen können. Viel schlimmer war jedoch, daß ich mich auf einmal ernstlich krank fühlte. Ich hatte das Gefühl, zu ersticken, sogar in Ohnmacht zu fallen, mein Kopf schmerzte, und mir war sterbensübel.

Ich weiß jetzt, daß diese Symptome bereits mit meinen Herzproblemen zusammenhingen. Das macht sie zwar nicht angenehmer für mich, aber sie sind heute leichter zu ertragen. Damals dachte ich jedoch, ich wäre einfach nur nervös und hätte Lampenfieber. Ich war überzeugt, vollkommen zu versagen.

Paula war genauso ängstlich wie ich.

»Du wirst doch vorsichtig mit mir sein, nicht wahr, Philip?«

»Natürlich«, murmelte ich und versuchte, meinen Magen unter Kontrolle zu bringen.

»Ich weiß nur, daß man seine Kleider ausziehen muß, aber das ist auch schon alles.«

Abrupt begann sie sich auszuziehen, zuerst ihre dünne Jacke und dann das Baumwollkleid. Ihr BH und ihr Slip waren weiß. Ich folgte ihrem Beispiel, ein bißchen vorsichtiger und sorgfältiger, wobei ich mir deutlich der Tatsache bewußt war, daß ich im Moment absolut nichts zu bieten hatte. Ich war so schlaff wie ein Windsack bei Windstärke Null. Und völlig ohne Ideen oder Inspirationen.

Während ich noch herumtrödelte, hatte sie sich bereits ganz ausgezogen und stand nackt und wartend vor mir. Ich blickte sie an. Sie hatte einen schon etwas vollen, wundervollen Körper, sanft gerundete Schultern, kleine, feste, spitze Brüste, eine schmale Taille, einen runden kleinen Bauch und lange schlanke Beine. Aber ich konnte es noch so sehr wünschen, ich wurde nicht erregt und war einfach nicht in der Lage, sie sexy zu finden. Ihre mausbraunen Haare und ihr Gesicht waren – freundlich gesagt – nicht besonders einprägsam. Außerdem war sie blaß, wegen ihrer Angst.

Und dann hatte ich plötzlich ungeheures Glück.

Sie war so nervös, daß sie sich ausgezogen hatte, ohne daran zu denken, die Vorhänge vorzuziehen. Jetzt erst merkte sie, daß sie von der Straße unten gesehen werden konnte. Sie wandte mir ihren Rücken zu, reckte sich und zog beide Vorhänge zu, wobei sie einen Moment lang jedem Vorbeikommenden einen

Blick auf ihren nackten Körper gestattete, was sie doch eigentlich so ängstlich vermeiden wollte. Im Zimmer hatte ich den Anblick ihres sanft geschwungenen Rückens und ihrer gestreckten Beine vor Augen und dazwischen die rundesten, rosigsten Hinterbacken, die man sich vorstellen konnte. Sie flehten einfach darum, angefaßt zu werden. Zum Glück erregte mich dieser Anblick, und innerhalb weniger Sekunden war mein Windsack bei Windstärke zehn angelangt. Ich schickte ein kurzes Dankgebet zum Himmel und zog mich weiter aus. Paula drehte sich um und starrte mich mit offenem Mund an.

»Oh, mein Gott. Sieht das wirklich so aus?«

Ich blickte an mir hinunter und nickte stolz.

»Und ich muß ihn in den Mund nehmen?«

Ich schluckte, beherrschte mich aber. Repton war voller obskurer sexueller Mißverständnisse gewesen, aber das hatte nicht dazugehört.

»Nein, das mußt du nicht.«

»Was dann?«

»Laß uns ins Bett gehen und es ausprobieren.«

Wir legten uns ins Bett, jeder auf seine Seite, und blickten einander an. Mein Wissen beschränkte sich auf das, was ich von den Diskussionsrunden auf der Toilette mitbekommen hatte, und auf den Inhalt einer nutzlosen Stunde Sexualkunde-Unterricht. Ich berührte zögernd eine weiche Brust, spürte die seidige Haut und wußte nicht, wie ich weitermachen sollte. Glücklicherweise schien Paula fasziniert zu sein von meiner Herkulessäule, deren ursprüngliches Zögern einer wilden Entschlossenheit, Spaß zu haben, gewichen war.

»Kann ich ihn berühren?«

»Wenn du willst.«

»Tut es weh? Er sieht so geschwollen aus.«

»Oh, nicht besonders.«

Ein Vorteil von Paulas Unerfahrenheit war ihre Faszination über dieses unerwartete und für sie unnatürliche Attribut meines Körpers. Sie führte sich auf wie ein Kind in einem Spielzeuggeschäft.

»Ich kann es einfach nicht glauben! Hat jeder Mann so einen großen?«

Es gibt nur wenige Gespräche, die dem männlichen Ego zuträglicher sind.

»Nun, ich glaube, der Durchschnitt sollte bei ungefähr fünfzehn Zentimetern liegen.«

»Und wie lang ist deiner?«

»Vierundzwanzig Zentimeter.«

Eigentlich war das eine Übertreibung. Neunzehn war das beste, was ich jemals gemessen hatte.

»Siehst du, ich habe ja gesagt, er ist so groß. Wenn ich das meinen Freundinnen in der Schule erzähle.«

Als sie merkte, was sie gerade gesagt hatte, blickte sie mich entschuldigend an.

»Es tut mir leid. Es macht dir doch nichts aus, wenn ich es ihnen erzähle?«

»Natürlich nicht. Ich fühle mich geehrt.«

»Kann ich ihn anfassen?«

»Ja. Er fällt nicht ab.«

Wie jeder andere junge Mann meines Alters hatte ich meinen einäugigen Freund schon oft in die Hand genommen. Aber das Gefühl, daß jemand anderer ihn hielt, war ganz neu. Weiche, zarte, seidige Finger glitten um meine Säule. Ich seufzte auf vor Lust und spürte, wie das Ungeheuer anschwoll, als wolle es platzen.

Paula schrie leise auf.

»Ich bin sicher, daß er sich bewegt hat.«

Absichtlich zuckte ich mit meinen schon überreizten Muskeln.

»Da, schon wieder! Er ist lebendig! Kannst du ihn kontrollieren?«

»Natürlich.« Ich demonstrierte es ihr.

»Na, das ist ja vielleicht ein seltsames Ding!«

Mittlerweile streichelte ich sanft über ihre rosigen, aufgerichteten Brustwarzen, aber ich glaube, sie merkte es noch nicht einmal, so fasziniert war sie von meinem Schwanz. Sanft glitt ich mit den Händen über ihren weichen runden Bauch und tiefer, bis meine Hände auf ihren Busch stießen, und darunter auf zwei schwellende Lippen, die sich bei meiner Berührung feucht öffneten. Ihre Muskeln zogen sich zusammen, als ich meinen Daumen in die enge, wartende Wärme schob.

Ich muß annehmen, daß ich, wenn nicht genau in diesem Moment die Symptome meiner Krankheit aufgetreten wären, triumphierend den Sieg errungen hätte, mit hochgereckter Fahne. Aber der erste Anfall von Atemnot streckte mich darnieder. Seit diesem Tag habe ich mich an das schreckliche Keuchen der Atemnot gewöhnt, aber damals war mir das Phänomen neu, und ich hatte keine Ahnung, was geschah. Zuerst wurde ich nur kurzatmig, als ob ich in einem abgeschlossenen Raum wäre. Ich holte ein paarmal tief Luft, merkte aber, daß das nichts nützte. Mir war, als sei ich unter Wasser. Voller Panik rang ich verzweifelt nach Luft, die pfeifend und rauh durch meine Kehle rasselte. Aus irgendeinem Grund jedoch schien sie mich nicht mit Sauerstoff zu versorgen. Zuerst wurden meine Lippen taub, dann meine Finger und Zehen. Das Gefühl breitete sich wie Nadelstiche auf alle weiteren Gliedmaßen aus. Ich war überzeugt, sterben zu müssen.

Die ganze Zeit jedoch preßte ich Paula an mich, weil ich mir durch die menschliche Nähe Hilfe erhoffte. Natürlich gab es zu diesem Zeitpunkt die Möglichkeit des Geschlechtsverkehrs aber längst nicht mehr. Das stolze Banner war in sich zusammengesunken, beschämt über die jämmerliche Vorstellung, die sein Herr abgab. Der Anfall schien endlos. Wie langsames Ersticken. Ertrinken wäre schneller gegangen und weniger schmerzhaft gewesen. Und dann endlich war er vorüber, und ich konnte wieder atmen.

Und was dachte Paula sich? Nun, was hätte jemand im Nebenzimmer gedacht? Doch bestimmt, daß ich die sexuelle Erfahrung meines Lebens machte. Mein Keuchen hörte sich wie völlige Entrückung an. Das war Leidenschaft auf höchster Ebene – wilde, unkontrollierbare Lust. Daß sie Teil dieser Erfahrung gewesen war, mußte ihr einleuchten, schließlich hatte ich mich die ganze Zeit an sie geklammert. Es ist jedoch unwahrscheinlich, daß sie etwas davon hatte. Wahrscheinlich ist Paula am nächsten Tag, mehr als enttäuscht von ihrem ersten Beischlaf, nach Monaco weitergefahren.

Ich hätte versuchen können, es ihr zu erklären, obwohl ich es zu diesem Zeitpunkt natürlich genausowenig verstand wie sie. Wir zogen uns an, nur das Notwendigste miteinander redend, verließen das La Corse und gingen zum Hotel ihrer Eltern. Ich murmelte auf Wiedersehen, und kaum hatte sich die Tür hinter mir geschlossen, erbrach ich mich in den Rinnstein.

Wenn ich heute an diesen schrecklichen Abend zurückdenke, zucke ich noch in der Erinnerung gequält zusammen. Wieviel besser wäre es gewesen, wenn ich mir in Festigny ein Mädchen gesucht hätte! Zum einen wäre sie bestimmt nicht so naiv gewesen wie Paula. Zum anderen jedoch hätte sie es verstanden und Mitleid mit meinem entsetzlichen Mißgeschick gehabt, da die Umstände meiner Krankheit später im Ort bekannt wurden.

Statt dessen gibt es jetzt ein Mädchen in England, das mittlerweile die Tatsachen des Lebens wahrscheinlich erfahren hat. Und ich frage mich, ob sie wohl immer noch an das seltsame Erlebnis denkt, das sie während ihres Urlaubs in Frankreich hatte, und ob sie ihren Freundinnen bis ins kleinste Detail die seltsamen sexuellen Praktiken eines gewissen jungen Mannes namens Philip Spencer beschreibt, den sie dort kennenlernte.

2

Als die elende Schallplatte meiner Erinnerung abgelaufen war, fand ich endlich die Kraft, weiter den Hügel zur Villa hinaufzusteigen. Eine Kaskade gelber Mimosen wucherte über die Steinmauer, die den Garten umgab. Ihr Duft vermischte sich mit den Düften des Geißblatts und des Lorbeers, die mich empfingen, als ich die Eisentore aufstieß und in den Garten trat. Grüne Rasenflächen lagen vor mir, und Beete voller Lupinen und Pfingstrosen. Nachdem mein Vater das Haus gekauft hatte, war er eifrig bemüht gewesen, hier im Süden Frankreichs einen englischen Garten anzulegen. Ich hatte ihm dabei oft geholfen, weil mich seine Versuche, ›ausdauernde‹ nördliche Pflanzen in diesem südlichen, warmen Klima anzusiedeln, faszinierten. Wo sonst würde man im Umkreis von fünfhundert Meilen den gemeinen roten Fingerhut sehen? Nach seinem Tod verlor ich nach und nach das Interesse an dem Projekt, aber Sarah hatte die Aufgabe übernommen und war rasch zur Gartenexpertin geworden. Mittlerweile hatte sie viele der ursprünglichen Pflanzen durch erfolgreichere Alternativen ersetzt, wobei sie aber den englischen Geschmack strikt beibehielt. Sie hatte die ursprüngliche Idee sogar noch erweitert, indem sie Obststräucher wie Stachel- und Johannisbeeren setzte. Mit deren Erträgen versuchte sie sich, allerdings mit fragwürdigem Erfolg, an der Produktion von echtem englischem Landwein.

Sie hielt sich gerade in einem blaßgrünen Rock und

einer weißen Bluse im Garten auf, ganz die kühle, selbstbewußte Herrin des Hauses. Bei den Pfingstrosen stehend, schnitt sie die Pflanzen mit einer Gartenschere zurück. Ihre gebückte Haltung verschaffte mir den gleichen provokanten Anblick wie das junge Mädchen vorhin, und eine Welle sexuellen Verlangens überflutete mich. Ich schüttelte den Kopf, um wieder zu Verstand zu kommen. Das war doch absurd! Meine Stiefmutter! Was fiel mir nur ein?

Neben ihr stand plaudernd Doktor Dubois, der ortsansässige, jedoch äußerst fähige und teure Arzt, der jeden Tag vorbeikam, um nach mir zu sehen. Trotz der Hitze trug er einen dunklen Anzug. Er stand da mit gesenktem Kopf in der Haltung eines vertrauten, aber diskreten Dienstboten. Sein Verhalten war einwandfrei, sogar im Garten. Aber solche Kommentare waren nicht nett. Ich verdankte dem Doktor zweifellos mein Leben, und seine Hingabe an seinen Beruf war beispiellos. Allerdings wurde sie auch gut bezahlt.

Sarah blickte auf und sah mich.

»Ach, Philip ... Wir warten schon auf dich. Henri macht wie üblich seine Runde. Wie geht es dir?«

»Außer Atem, wie immer. Ich werde bald den Wagen nehmen müssen.«

»Nein, tu das nicht«, sagte der Arzt. »Diese Spaziergänge sind gut für dich. Das beste Training. Außerdem«, er lachte, »gibt es unten am Strand sowieso keine Parkplätze, jetzt, wo die Saison angefangen hat.«

»Ich finde, du siehst besser aus«, sagte Sarah hoffnungsvoll. »Du bekommst richtig Farbe im Gesicht.«

Bei dieser Bemerkung errötete ich noch tiefer, weil ich mich an meine lasziven Gedanken vor wenigen Sekunden erinnerte.

»Setz dich hier auf die Bank. Ich werde dich abhorchen.«

Der Doktor bat mich, das Hemd auszuziehen, dann untersuchte er mich im Garten. Warum auch nicht? Die Nachmittagssonne war warm und angenehm, und für die Aussicht bezahlten die Touristen viel Geld. Ich sah mich im Garten um und versuchte mich an die Namen aller Blumen zu erinnern. Viele waren erst kürzlich hinzugekommen – Akelei, Maiglöckchen, ein hübscher Goldregen und das gemeine Immergrün. Dann entdeckte ich einen Eindringling.

»Was macht der Oleander hier, Sarah?«

Sie sah mich verblüfft an.

»Warum fragst du?«

»Nun, das ist ganz gewiß keine englische Pflanze. Sie wachsen hier überall wild.«

»Ach, ich verstehe, was du meinst. Ich habe ihn letztes Jahr eingepflanzt. Ich mag ihn.«

Sie warf dem Doktor einen nervösen Blick zu.

»Geht es ihm besser, Henri?«

»Nun, ich bin ganz zufrieden. Ich muß sagen, diese neuen Tabletten scheinen ihren Zweck zu erfüllen – und ihren Preis wert zu sein.«

»Werde ich vielleicht wieder gesund?«

»Es wäre falsch von mir, zu große Hoffnungen bei dir zu wecken. Du leidest, wie ich dir schon sagte, an einer seltenen Herzerkrankung. Wir wissen noch nicht einmal, ob sie muskulär bedingt oder degenerativ ist. Das wiederum führt zu anderen Symptomen, der Kurzatmigkeit, der Übelkeit, den Schmerzen. Ich bin sicher, wenn wir ein Mittel gegen deine Herzkrankheit finden, werden auch deine anderen Probleme verschwinden.«

»Wenn ich nur nicht immer so müde wäre. Es ist deprimierend.«

Sarah blickte mich mitleidig an.

»Ich habe Neuigkeiten für dich, Philip, die dich aufheitern werden.«

»Welche?«

»Warte bis zum Abendessen. Ich habe Henri gebeten, mit uns zu speisen. Geh dich duschen, und wenn du fertig bist, hat Madame Prost sicher das Essen fertig. Dann berichte ich dir die Neuigkeiten.«

Pflichtbewußt zog ich ab, um mich für das Abendessen frisch zu machen. Welche kulinarischen Köstlichkeiten mochte unsere Haushälterin wohl heute wieder zubereitet haben? *Mouton en pistache* vielleicht, oder *carré de porc* oder eines der anderen Rezepte aus dem Perigord. In meinem Zimmer stand ich eine Weile am Fenster und starrte den Hügel hinunter. Der weiße Hengst war vom Feld verschwunden, aber die Stute stand friedlich grasend da, als sei heute nachmittag nichts Außergewöhnliches passiert. Ich griff nach meinem Fernglas, das am Fenster lag, und stellte es scharf ein. Wie immer war ich begeistert von der friedlichen, malerischen Aussicht. Unten am Strand hielten sich noch ein paar Touristen auf, die die letzten Strahlen der Nachmittagssonne ausnutzten. Sie waren zu weit entfernt, als daß ich sie deutlich hätte sehen können, aber auf jeden Fall war zu unterscheiden, wer männlichen und wer weiblichen Geschlechts war, da die meisten Frauen sich nicht mehr die Mühe machten, ein Bikini-Oberteil zu tragen. Ein seltsamer Schmerz dehnte sich in meinem Herzen aus, und dieses Mal lag es bestimmt nicht an meiner Krankheit.

Ich verbrachte viel Zeit am Strand, sowohl im Winter, wenn er kahl und einsam war, als auch im Sommer, wenn sich viele Menschen dort aufhielten. Meine Emotionen beim Anblick der gebräunten Körper drängte ich bewußt zurück, indem ich mir immer wieder sagte, daß meine Krankheit für mich die Freuden des Fleisches nicht zuließ. Diese Einstellung machte mir meine Situation als wohlhabender junger Mann am Mittelmeer erträglich. Aber jetzt hatte dieser verdammte Hengst eine wunde Stelle bei mir freigelegt, die ohne eine drastische Behandlung nicht zu heilen war. Mehr denn je verlangte es mich nach einem weichen Körper. Ich starrte auf mein Kopfkissen, das in seiner weißen, frischgewaschenen Hülle steckte. Dann ergriff ich es und vergrub mein Gesicht darin.

Ich verliere den Verstand, dachte ich. Eigentlich bin ich doch ein rationales, selbstsicheres menschliches Wesen, und jetzt umarme ich schon ein Kissen! Ich werde noch wahnsinnig, weil ich mein sexuelles Verlangen nicht stillen kann. Was mich jedoch wirklich bedrückte, wußte ich. Es war dieses aufwallende Begehren, das ich empfunden hatte, als ich durch das Eisentor trat und Sarah kühl und reizend im Garten stand. Sei nicht albern, hielt ich mir vor. Du kannst nicht in deine Mutter verliebt sein. Es ist verboten. Aber sie ist nicht meine Mutter, dachte ich dann. Sie ist meine Stiefmutter, das ist etwas ganz anderes. Trotzdem – sie ist fast dreißig, wandte ich ein. Sie würde dich auslachen, wenn sie wüßte, was du denkst. Ich nickte und stimmte mir zu.

Eine kalte Dusche. Das war es, was ich brauchte, was auch der Arzt mir ständig empfahl. Anschließend zog ich ein frisches Hemd an und die leuchtendblaue Krawatte, die Sarah mir letztes Jahr zu Weihnachten geschenkt hatte, dann ging ich vorsichtig die Treppe hinunter. Gute Neuigkeiten hatte sie mir in Aussicht gestellt, und ich fragte mich, was das wohl sein mochte. Wenn man reich ist, sind aufregende Überraschungen wirklich ziemlich selten.

Sarah bestand darauf, ihr Geheimnis erst nach den Hors d'œuvres und der exzellenten *Estouffade de bœuf*, die Madame Prost zubereitet hatte, während des Käsegangs bekanntzugeben. Doch wie ich bereits befürchtet hatte, waren die Neuigkeiten alles andere als gut.

»Erinnerst du dich noch«, fragte sie mich, »an unseren Urlaub in Champtoceaux an der Loire vor acht Jahren?«

»Ja. Warum?«

»Erinnerst du dich auch noch daran, mit wem du die ganze Zeit zusammen warst?«

Ich mußte eine Weile nachdenken.

»Ach ja – mit einem Mädchen namens Michelle, das aus Paris kam. Ihr Vater war so eine Art Geschäftspartner von Dad. Jetzt weiß ich es wieder. Monsieur Normand. Er hatte eine Firma, die in die Vereinigten Staaten und nach Südamerika exportierte.«

»Das stimmt.« Sarah blickte mich erleichtert an. »Nun, er ist immer noch einer unserer Hauptkunden, und Michelle möchte gerne ihr Englisch verbessern. Ich dachte, es wäre nett, sie den Sommer über zu uns einzuladen.«

Ich war entsetzt. Sarah dachte offenbar, daß Michelle und ich unsere Freundschaft an dem Punkt fortsetzen könnten, an dem wir sie vor acht Jahren beendet hatten. Nichts kam mir unwahrscheinlicher vor. Ich erinnerte mich deutlich an ein mageres Geschöpf in Shorts und Pulli mit einer Zahnklammer, das auf einen Baum kletterte. Es war ein schreckliches Bild. Ich wollte ungebunden über den Strand und durch die Bars streifen und die hübschen blonden Schwedinnen oder Däninnen bewundern. Kindermädchen für eine linkische Gefährtin aus Kindertagen zu spielen, würde eine Tortur sein.

»Aber das ist doch Jahre her! Wir haben bestimmt überhaupt nichts mehr gemeinsam!«

»Oh, das habt ihr bestimmt.«

»Wie meinst du das? Sie kommt also wirklich?«

»Morgen früh. Dienstag. Ich habe ihrem Vater gesagt, daß du sie in Nizza vom Bahnhof abholst. Du kannst den Porsche nehmen.«

Dann war das verdammte Mädchen also schon auf dem Weg zu uns! Sie saß bereits im Zug aus Paris! Warum hatte mich bloß niemand um meine Meinung gefragt?

Ich war nahe daran zu explodieren, riß mich aber im letzten Moment zusammen. Jetzt war es zu spät, etwas zu ändern. Wenn ich jetzt wie ein verzogenes Gör jammerte, würde ich mich nur ins Unrecht setzen. Ich mußte mich wie ein Erwachsener benehmen. Das war so unbefriedigend an der Beziehung zwischen Sarah und mir. Sie sah mich immer noch als Kind an. Deshalb hatte sie auch Michelles Besuch arrangiert, als Belohnung für zwei Kinder. Nun, ich war kein Kind mehr, und wenn man einmal ein wenig nachrechnete, Michelle wohl auch nicht.

»Was macht sie denn jetzt?«

»Sie studiert in Paris an der Sorbonne. Soviel ich gehört habe, muß sie sehr gut sein.«

Sarah wollte mir sicher eine Freude machen, und

ich sollte ihr wahrscheinlich dankbar sein. Bestimmt wäre es leicht für sie gewesen, sich nicht um mich zu kümmern. Natürlich hatte mein Vater sie wohlversorgt zurückgelassen, aber seinen ganzen Besitz hatte er mir hinterlassen, und außerdem auch noch alle Anteile an einer riesigen Kosmetikfirma, was bei weitem den Löwenanteil seines Vermögens ausmachte. Sie hätte mit Recht annehmen können, daß der letzte Wille meines Vaters ausdrückte, daß seine wahre Liebe seiner ersten Frau gehört hatte und daß sie erst an der armseligen zweiten Stelle kam.

Dr. Dubois hatte während unserer Unterhaltung geschwiegen, aber er spürte wahrscheinlich meine Wut deutlicher als Sarah und versuchte, ihr zu Hilfe zu kommen.

»Als Arzt muß ich sagen, daß es eine großartige Idee ist, wenn du jemanden in deinem Alter hier hast. Du darfst dich nicht so hängenlassen und über deine Krankheit nachgrübeln. Wieder ganz gesund zu werden ist genauso ein mentaler wie ein medizinischer Prozeß. Medikamente können dir helfen, aber du mußt auch den Willen haben, gesund zu werden. Wenn du mit Michelle zusammen bist, dann wirst du schon sehen, daß du gar keine Zeit mehr hast, dir um dich Sorgen zu machen. Das habe ich jedenfalls zu Madame Spencer gesagt, als sie mich um Rat gefragt hat.«

Das war gut gemeint, aber es machte mich trotzdem noch wütender. Warum redete Sarah mit dem Doktor über Sommergäste, aber nicht mit mir? Nicht zum ersten Mal wäre ich am liebsten aufgesprungen und hätte geschrien, daß dies mein Haus sei und nicht ihres. Aber das wäre äußerst ungezogen und undankbar gewesen. Und außerdem stimmte es nicht – zumindest nicht, bevor ich einundzwanzig war.

Ich schwieg bis zum Ende des Abendessens, dann entschuldigte ich mich und ging nach oben in mein Zimmer, um zu lesen. Doch konnte ich mich überhaupt nicht konzentrieren. Ständig stand ich auf und sah aus dem Fenster auf die Lichter des Hafens und die dunklen Wiesen. Ich versuchte, meine Wut zu analysieren. Wahrscheinlich hatte ich tief in meinem Innersten die Hoffnung auf eine Beziehung mit jemand vom anderen Geschlecht noch nicht aufgegeben. Und wenn ich am Strand entlang und durch den Hafen flanierte, so gab mir das zumindest eine Gelegenheit, wenn auch nur eine sehr kleine. Mit Michelle im Schlepptau würde diese Hoffnung jedoch völlig zerstört. Damit konnte ich meinen vielleicht letzten aktiven Sommer ganz abschreiben.

Eine Autotür schlug zu. Ich hörte Sarah auf Wiedersehen sagen, und dann fuhr der Doktor, der Madame Prost mit in den Ort nahm, den Hügel hinunter. Wieder einmal beschimpfte ich mich selbst als undankbaren Idioten. Schließlich kam der Arzt ja meinetwegen hierher, und Sarah unterhielt sich mit ihm, ohne sich je zu beklagen. Ich konnte zumindest versuchen, das Beste aus Michelles Besuch zu machen. Vielleicht blieb sie ja nicht lange.

Ich ging zu Bett, aber es war mir nicht möglich einzuschlafen. Es gibt nur wenige Dinge, die frustrierender sind, als den ganzen Tag über verzweifelt schwach und lethargisch zu sein, und dann nachts an Schlaflosigkeit zu leiden. In meinem Kopf überschlugen sich die Bilder, die ich heute gesehen hatte – der

Hengst, die junge Französin, die fernen Gestalten am Strand. Der Anblick Sarahs jedoch beherrschte alles. Wie ruhig und gelassen sie immer wirkte! Ich wohnte seit Jahren mit ihr zusammen, und sie hatte immer Haltung bewahrt. Sicherlich hätte sie sich in all dieser Zeit schon einmal einen Schnitzer oder eine Indiskretion leisten können – vielleicht ein verrutschter Ausschnitt, ein Hereinplatzen ins Badezimmer, ein hastig übergeworfener Morgenmantel. Aber nein, sie war immer korrekt gewesen.

Bis weit nach Mitternacht wälzte ich mich im Bett herum und versuchte einzuschlafen. Schließlich gab ich auf und beschloß, nach unten zu gehen und mir ein Sandwich zu machen. Das große Gebäude hatte zwei Treppenaufgänge, und statt meinen üblichen Weg über die Haupttreppe einzuschlagen, beschloß ich, den oberen Korridor zur Nebentreppe zu nehmen. Dadurch mußte ich an Sarahs Schlafzimmertür vorbei, und wahrscheinlich verspürte ich auch den unbewußten Wunsch, ihr nahe zu sein.

Geräuschlos lief ich auf bloßen Füßen über den Teppich. Einen Morgenmantel brauchte ich in dieser warmen Nacht nicht. Als ich um die Ecke bog, hörte ich plötzlich ein seltsames Geräusch. Ich blieb abrupt stehen und lauschte. Es waren kaum hörbare spitze Schreie. Meine Nackenhaare sträubten sich. War jemand in Schwierigkeiten? War es Sarah?

Ich schlich weiter, bis ich vor ihrer Tür stand, und lauschte wieder. Wie seltsam! Es waren Schreie – oder vielleicht auch Seufzer, und es war ganz bestimmt Sarah. Ich konnte mir das nicht zusammenreimen. Schon streckte ich die Hand nach der Türklinke aus, besann mich aber dann eines Besseren. Etwas an dem

Laut war zu persönlich, als daß ich einfach hätte eindringen können. Das Geräusch nahm immer mehr an Intensität zu. Auf einmal wußte ich, was es war. Ich hatte solche Laute noch nie zuvor gehört, und doch konnte ich sie erkennen. Es war das Seufzen einer sexuell erregten Frau. Ein Schauer der Erregung durchfuhr mich. Sie und ich waren allein im Haus! Ich wußte wirklich nicht, wie Frauen es anstellten, sich selbst zu erregen, aber wie auch immer, es bewies, daß Sarah eine sexuell unbefriedigte Frau war und deshalb empfänglich für die Annäherung eines Mannes.

Ihr Stöhnen wurde heftiger, drängender, und sie schien jegliche Beherrschung zu verlieren. Ein unmöglicher Wachtraum kam mir in den Sinn. Ich sah mich selbst mit ihr im Bett liegen, während sie mich stöhnend anflehte, sie zu berühren.

»Halt mich fest, Philip«, flüsterte sie.

»Zeig mir, was ich tun soll. Zeig mir, wie ich dich erregen kann.«

»Küß mich, Philip. Schieb deine Zunge in meinen Mund. Nimm mich.«

»Oh, Sarah, ich möchte deine Brüste berühren.«

»Ja ... Ja ... Ich will deine starken Hände auf mir fühlen! Sei grob zu mir! Beherrsch mich! Tu mir weh!«

»Sag mir wie – ich war noch nie mit einer Frau zusammen.«

»Leg deine Hand hierhin, zwischen meine Beine. Da. Fühlst du nicht, wie naß ich bin? Weil ich dich will. Erforsch mich. Ja, ja, dort drinnen. Oh, oh ...« Meine Fantasie paßte perfekt zu dem tatsächlichen Stöhnen, das ich immer noch hörte. Es schwoll an und wurde immer stärker. Das war vielleicht die Lösung für mich! Sicher konnte selbst eine so schwache Person wie ich Hände oder Lippen benutzen, ohne gleich erschöpft zu sein. Und die Situation paßte hervorragend. Sie hatte keinen Mann, und ich besaß nicht die Kraft, ein Mann zu sein.

Was für Idioten wir doch aus uns machen, wenn die Sehnsucht den Verstand trübt! Das Geräusch änderte sich leicht, und als hätte jemand einen Eimer kaltes Wasser über mich gegossen, merkte ich auf einmal, daß sie nicht allein war. Zu ihren Seufzern gesellte sich das unterdrückte, drängende Stöhnen eines Mannes. In noch kürzerer Zeit, als der Hengst am Nachmittag gebraucht hatte, kam der Höhepunkt, und die Glut des Mannes war erloschen. Alles wurde still, und ich stolperte benommen in mein Zimmer zurück.

Mein Engel war gefallen, beschmutzt, ihr Bild für immer zerstört. Sie hatte also einen Liebhaber, der sich durch den Hintereingang hereinschlich, wenn ich zu Bett gegangen war. Wie billig! Kühl und sorgfältig gekleidet bei Tag, verwandelte sie sich nachts in ein lustvolles, ungezügeltes Geschöpf, das sich seine Befriedigung vielleicht bei einem der ortsansässigen Bauern oder Geschäftsinhabern holte. Aber warum auch nicht? Sie war schließlich ein freier Mensch. Sollte sie nach mehr als vier Jahren des Gedenkens an meinen Vater immer noch treu sein? Natürlich nicht. Soviel also zu meinen dummen Vorstellungen, daß sie vielleicht Gefallen an mir finden könnte.

Wer braucht schon einen kränklichen, schwächlichen Jungen, wenn heißblütige Männer zur Hand sind?

3

Das Frühstück am nächsten Morgen, dem besagten Dienstag, war eine steife, schweigsame Angelegenheit. Ich blickte verstohlen zu Sarah hinüber, um festzustellen, ob sie irgendwie anders aussah. Aber sie war so wie an jedem Morgen – verschlafen und zerzaust zwar, aber doch unglaublich gelassen und reizend. Ihre sandbraunen Haare fielen ihr ständig über ihr rechtes Auge, wenn sie versuchte, Zeitung zu lesen, und sie strich sie immer wieder vergeblich zurück mit der Hand, in der sie den Löffel mit Cornflakes hielt. Das tat sie jedoch jeden Morgen. War denn gar nichts anders? Die starke Leidenschaft, die ihr Stöhnen verraten hatte, mußte doch irgendeine Spur auf ihrem Gesicht oder in ihrem Verhalten hinterlassen haben. Offensichtlich jedoch nicht. Genau wie die Stute auf der Weide blieb sie gelassen, nachdem die Angelegenheit vorüber war.

Dann fiel mir eine andere Erklärung ein. Vielleicht sah sie heute früh nur nicht anders aus, weil die Lust der letzten Nacht die Norm war. Vielleicht war sie schon das ganze vergangene Jahr über regelmäßig von irgendeinem Franzosen besucht worden. Ich würde sowieso als letzter davon erfahren, wie auch von allen anderen Dingen im Haus. Ärgerlich zerkrümelte ich ein Stück Toast und stellte geräuschvoll meine Kaffeetasse ab.

Sarah bemerkte bestimmt die Spannung im Zimmer und auch, daß ich so schlechte Laune hatte, aber sie sagte nichts. Wahrscheinlich nahm sie an, daß ich immer noch wegen des bevorstehenden Besuchs von Michelle schmollte.

»Der Zug kommt um neun Uhr dreißig an, und um diese Tageszeit brauchst du mindestens eine Stunde bis zum Bahnhof in Nizza.«

»Ich werde bestimmt keinen Parkplatz am Bahnhof finden«, bemerkte ich.

»Doch, ganz sicher. Fahr einfach mit dem Porsche bis vor die Ankunftshalle und gib dem Mann dort zehn Francs. Sag ihm, du holst nur jemanden ab.«

Ich gab das Gejammer auf und machte mich auf den Weg nach Nizza. Während der Fahrt die Corniche entlang fand ich es schwierig, meine schlechte Laune aufrechtzuerhalten. Ein offener Porsche ist ein feines Auto. Sarahs Idee. Ich hätte ihn mir selbst nicht genommen. Aber jetzt, als ich in dem roten Wagen durch die Hügellandschaft fuhr, besserte sich meine Laune zusehends. Wenn man langsam genug fährt, kann man die wundervollen Düfte des Midi richtig genießen. Lavendel, Tamarisken, Oleander – hier wächst alles wild und im Überfluß, eine botanische Anregung für die Sinne.

Als ich am Bahnhof ankam, verfuhr ich mit dem Wagen so, wie Sarah es vorgeschlagen hatte. Der Zug aus Paris kam an, und ein Strom von Fahrgästen ergoß sich auf den Bahnsteig. Erst jetzt fiel mir auf, daß ich Michelle nach acht Jahren gar nicht mehr wiedererkennen würde. Ich versuchte, mir ins Gedächtnis zu rufen, an was ich mich noch erinnerte. Streng zurückgekämmte kurze Haare, ein Brillengestell aus Metall, ein einfacher dunkelblauer Rock.

Paßte hier jemand auf diese Beschreibung? Nein, sicher nicht. Diese Leute aus Paris sahen alle sehr elegant aus. Sie waren zwar nicht so braungebrannt wie die Bewohner von Nizza, aber das wurde durch ihre modische Kleidung durchaus wettgemacht.

Jetzt waren alle aus dem Zug ausgestiegen und abgeholt worden. Nur am Zeitungskiosk stand noch ein Mädchen im richtigen Alter. Ich starrte sie an. Nein, bestimmt nicht ... Dieses Mädchen war hinreißend. Lange schwarze Locken umrahmten wie ein Wasserfall ihr feines, ovales Gesicht. Sie trug eine teure Lederjacke, die jedoch ihre schwellenden Brüste nicht verbarg. Ihr Rock war zwar dunkelblau, reichte aber nur knapp bis über den knackigen Po, so daß man ihre endlos langen Beine bewundern konnte. Die Füße steckten in hochhackigen Pumps. Das konnte sie nicht sein. Oder doch ...?

»Michelle Normand?«

Sie fuhr herum und musterte mich fragend mit ihren schwarzen Augen.

»Oui, c'est moi.«

»Du meine Güte! Ich bin Philip Spencer. Ich habe dich nicht wiedererkannt.«

»Philip? Bist du das wirklich? Wie groß du geworden bist! Ich war doch früher immer größer als du. Und jetzt schau dich an! Nein, du brauchst dich nicht herunterzubeugen. Ich finde es toll!«

Ich hatte gedacht, eine linkische Spielkameradin vorzufinden, und statt dessen stand ich einer Göttin gegenüber. Jeder Mann wäre hoch erfreut bei dem Gedanken gewesen, ein paar Wochen oder Monate mit einer solchen Schönheit zu verbringen, aber ich sah nur die Nachteile. Sie war viel zu sexy für mich. Ich würde nicht wissen, über was ich mit ihr reden oder wie ich mich in ihrer Gegenwart benehmen sollte. Und sie würde in Nightclubs gehen und bis in die Nacht tanzen wollen. Das war nicht meine Sache, und ich würde auch nicht mit ihr Schritt halten können. Wenn sie das erst einmal herausfände, würde sie mit dem erstbesten Kerl auf und davon gehen, der ihr schöne Augen machte – und ich war sicher, daß es davon Dutzende gäbe. Das würde mich wieder dorthin zurückwerfen, wo ich angefangen hatte, nur daß ich mich bei dem Gedanken noch elender fühlen würde, daß jemand anderer sich an dem erfreute, wovon ich nur träumen konnte. Ich sah schmerzlichen Wochen entgegen.

Ich packte ihre Koffer in den Wagen, der sie sichtlich beeindruckte, und wir fuhren auf die Hauptstraße.

Bis jetzt hatte Michelle nur in ihrer Muttersprache geredet. Ich wechselte ins Englische und stellte erleichtert fest, daß ihr Englisch beträchtlich schlechter war als mein Französisch. Das war natürlich nicht überraschend, wenn man bedachte, wie lange ich hier schon lebte, aber es gab mir wenigstens ein leichtes Gefühl der Überlegenheit.

»Ich habe gehört, du studierst jetzt?« fragte ich. »Was denn?«

»Oh, wie sagt ihr dazu – Pharmazie?«

»Ja, genau. Es ist das gleiche Wort, es wird nur anders buchstabiert.«

»Und was machst du?«

»Ich? Ich hänge nur am Strand herum, leider. Ein kurzer Versuch, im Unternehmen meines Vaters mitzuarbeiten, ist leider fehlgeschlagen. Es wird jetzt von meiner Stiefmutter und ein paar äußerst vorsichtigen Prokuristen geführt.«

Ich zögerte. Eigentlich sollte ich ihr von meiner Krankheit erzählen. Früher oder später würde sie es sowieso erfahren.

»Haben sie dir gesagt, daß ich aufpassen muß, weil ich ein schwaches Herz habe?«

»Ja, mein Vater hat so etwas erwähnt. Wie schlimm ist es denn? Früher warst du ein ziemlich lebhafter kleiner Teufel, jedenfalls in dem Urlaub an der Loire.«

»Ich weiß. Es hat vor ungefähr zwei Jahren angefangen.«

Sie hörte voller Mitgefühl zu, also erzählte ich ihr, wie das Leben für mich war. Was für eine Tortur es war, bergauf zu gehen. Wie müde ich mich meistens fühlte und daß ich Anfälle von Übelkeit und Magenkrämpfe hatte. Wie schwer mir das Atmen manchmal fiel.

Das war im übrigen auch jetzt der Fall. Normalerweise habe ich beim Autofahren keine Probleme, aber normalerweise sitzt eben auch nicht Venus neben mir, in einem Minirock, der ihr fast über die Hüften rutscht. Außerdem hatte sie ihre Jacke ausgezogen, und unter ihrem Pullover bebte es irritierend. Ich ertappte mich dabei, wie ich absichtlich durch Schlaglöcher fuhr. Binnen kurzem hatte ich Schwierigkeiten zu reden, weil mir nach jedem zweiten oder dritten Wort die Luft wegblieb. Da ich mir Sorgen machte, ich könnte vielleicht einen Unfall verursachen, hielt ich am Straßenrand.

»Nur eine Minute. Ich muß erst mal wieder zu Atem kommen.«

»Ich verstehe. Es ist also richtig ernst. Das tut mir leid.«

»Eine verdammte Plage. Du kannst nicht zufällig Auto fahren?«

Sie quietschte fast vor Vergnügen.

»Würdest du mich wirklich ans Steuer lassen? So ein Auto habe ich noch nie gefahren. Ist das ein Ferrari?«

»Nein, ein Porsche 911. Er steht zu deiner Verfügung. Aber sei vorsichtig, ja? Er hat ordentlich was unter der Haube.«

Mir war es recht so. Jetzt mußte ich ihr nur noch die Richtung angeben. Und konnte bequem neben ihr sitzen, statt auf die Straße achten zu müssen. Das bedeutete, daß es mir möglich war, dem Beben unter ihrem Pulli meine volle Aufmerksamkeit zu schenken. Meinem Atmen nützte das wenig, aber es verlieh der vertrauten Strecke einen neuen Aspekt.

Michelles Fahrkünste taten meinem Herzen ebenfalls nicht besonders gut. Sie fuhr nicht schlecht, nur leider viel zu schnell. Innerhalb von fünf Minuten war sie bei über hundertzwanzig Stundenkilometern angelangt. So schnell fahre ich nie. Ich wollte ihr sagen, sie solle langsamer werden, aber ihr Gesicht hatte einen entschlossenen Ausdruck angenommen. Mit Gefühl legte sie die Gänge ein, und ich bewunderte das Spiel ihrer langen, goldbraunen Beine auf Kupplung und Bremse. Also schwieg ich und beschloß, sie einfach fahren zu lassen. Das Auto paßte zu ihr wie angegossen, und während wir durch die einzelnen Orte glitten, konnte ich förmlich spüren, daß wir das richtige Bild abgaben. Wir waren die Personifizierung des schnellen Lebens im Midi.

Es war ein großartiges Gefühl, eins, das ich noch nie erlebt hatte.

Als wir an der Villa ankamen, war Michelle beeindruckt von ihrer Schönheit und der fantastischen Aussicht. Ich nahm mir vor, Sarahs Gesichtsausdruck genau zu beobachten, um zu sehen, ob sie genauso verblüfft auf ihr Aussehen reagierte wie ich. Doktor Dubois war auch da, und die beiden kamen heraus, um uns zu begrüßen, als ich gerade die Koffer auslud.

»Michelle? Meine Liebe, wie hübsch du geworden bist!«

Eine konventionelle Floskel, die Sarah lächelnd aussprach.

Aber ich kannte das Gesicht meiner Stiefmutter besser als mein eigenes und war entsetzt über das, was ich sah. Sie war nicht nur überrascht von Michelles Erscheinung, sie war wütend. Und der gute Doktor wirkte auch nicht glücklicher. Was konnte das nur bedeuten? Sarah hatte schließlich den Besuch arrangiert, um mir eine Freude zu machen, aber offenbar hatte sie es sich so nicht vorgestellt. Wahrscheinlich hatte sie geglaubt, Michelle sei unscheinbar und linkisch, und das hatte sie auch gewollt. Aber warum? Ich konnte mir darauf nur eine Antwort zusammenreimen. Sarah wollte zwar, daß ich eine Freundin hatte, aber keine, bei der Sex mit im Spiel sein würde. Eifersüchtig war sie bestimmt nicht, also mußte der Doktor ihr gesagt haben, daß ich aus medizinischen Gründen keinen Sex haben durfte. Das war die indirekte Bestätigung für das, was ich immer schon befürchtet hatte – daß meine Krankheit mich zum Zölibat verurteilte. Was für ein scheußlicher Sommer lag nur vor mir!

»Henri, kannst du Michelles Koffer in ihr Zimmer bringen? Philip müht sich so ab.«

»Natürlich. Welches ist es?«

»Ich habe dir das vordere Zimmer gegeben, Michelle, direkt neben dem Philips. Da hast du einen hübschen Blick über den Hafen, und frühmorgens ist die Sonne noch nicht so heiß.«

Dieser Informationsschnipsel entging mir zunächst. Aber dann schoß mir ein aufregender und ziemlich schlimmer Gedanke durch den Kopf. Die Gästezimmer lagen normalerweise im hinteren Teil des Hauses, neben Sarahs Zimmer. Nach der letzten Nacht war mir klar, warum Michelle dort nicht einquartiert wurde. Sie hätte zu leicht hören können, was nebenan vor sich ging. Wenn sie jedoch das Zimmer neben meinem bezog, dann eröffneten sich für mich ganz neue Aussichten. Ich hatte zwar noch nie Gelegenheit gehabt, es auszuprobieren, kannte aber eine perfekte Möglichkeit, heimlich in das dazugehörige Badezimmer zu sehen. Mit einemmal sah der Sommer schon viel freundlicher aus. Mir mochten zwar die Voraussetzungen fehlen, um Michelle zu verführen, und, was noch wichtiger war, die Kraft, aber ich konnte zumindest das Zweitbeste tun. Wenn jemand dafür geschaffen war, heimlich beobachtet zu werden, dann sie.

»Komm und setz dich, Michelle. Wir essen hier draußen eine Kleinigkeit, und später zeige ich dir das Haus.«

Michelle äußerte sich begeistert über den Garten, und es stellte sich heraus, daß sie über mehr als nur ein durchschnittliches Wissen verfügte, was Gartenkultur anging, obwohl ihr viele der englischen Pflanzen fremd waren. Neu war für sie außerdem die Tatsache, daß man Wein auch aus anderen Beeren als nur aus Trauben machen konnte.

Madame Prost servierte uns ein leichtes Essen, unter anderem eine *sobrouade*, eine köstliche Suppe mit Schweinefleisch und Bohnen. Während des Geplauders beim Essen bezauberte mich Michelle immer mehr. Sie war klug und selbstsicher, besaß Humor und war vor allem hinreißend nett. Der sehnsüchtige Schmerz in meinem Herzen hatte endlich ein Ziel gefunden. Ich bezweifelte jedoch, daß ich ihn dadurch leichter würde ertragen können.

Bald wurde deutlich, daß Michelle die Nacht zuvor im Zug nur wenig geschlafen hatte. Sarah zeigte ihr das Haus und schlug dann vor, sie solle sich den Nachmittag über hinlegen. Dankbar nahm sie an. In meinem Kopf hatte sich bereits eine verführerische Idee festgesetzt. Sie wollte nach der langen Reise sicher duschen, und ich wartete ungeduldig darauf, mich endlich in mein Zimmer zurückziehen zu können, um das Guckloch auszuprobieren. Natürlich konnte ich es mir aber nicht leisten, zu offensichtlich vorzugehen. Doktor Dubois wollte mir noch Medikamente geben, und er verschwand mit Sarah in der Halle, um seine Tasche zu holen.

Ich ging aufgeregt auf und ab, wußte jedoch, daß ich mich besser nicht in einen neuerlichen Anfall hineinsteigern sollte. Als ich das Warten leid hatte, ging ich auch zur Halle, blieb jedoch abrupt an der Tür stehen, als ich die beiden mit einer Vertrautheit miteinander reden hörte, die mich verblüffte.

»Ich weiß nicht. Ich finde, sie ist ungeeignet.«

Das war der Doktor. Er konnte nur von Michelle reden.

»Sie ist sicher nicht so, wie ich es erwartet habe. Aber sie ist direkt und aufrichtig. Und Philip ist schon jetzt beeindruckt. Das konnte man sehen.«

»Ich glaube trotzdem nicht, daß wir es riskieren sollten ...«

Sie kamen zurück, also ging ich schnell ins Eßzimmer. Wieder einmal war ich wütend darüber, daß man von mir redete wie von einer Sache. Und es war noch schlimmer, da sie bestätigt hatten, was vorher nur eine Vermutung von mir gewesen war. Sie hatten sich eine Beziehung zwischen Michelle und mir ausgemalt und fanden diese Vorstellung jetzt unbefriedigend, weil Michelle einfach zu sexy war. Der Doktor mußte über meinen Zustand viel mehr wissen, als er zugab. Zumindest mir gegenüber.

Ich nahm den Trank entgegen, den sie zubereitet hatten, und schluckte ihn schweigend hinunter. Gerne hätte ich offen mit ihnen über alles geredet, aber jetzt war wohl nicht der passende Zeitpunkt dafür. Außerdem wollte ich so schnell wie möglich auf mein Zimmer.

Als ich endlich oben war, verschloß ich meine Tür und ging rasch ins Badezimmer. Meine Dusche grenzte an die Michelles, da sie durch ein gemeinsames Leitungssystem miteinander verbunden waren. Die Armaturen an der Wand waren mit der Zeit locker geworden, und der Putz zwischen den beiden Räumen war durch die Feuchtigkeit abgebröckelt und hatte einen Spalt hinterlassen, durch den ich hindurchblicken konnte. Einen Augenblick lang zögerte ich schuldbewußt. Michelle war schließlich kein anonymes Pin-up-Girl in irgendeiner Zeitschrift. Sie war ein wirklicher Mensch, dessen Persönlichkeit ich bereits bewunderte. War es fair, einfach hinter ihr herzuspionieren, ohne daß sie es wußte? Auch war ich mit meinen neunzehn Jahren schon ein wenig zu alt, um mir Mädchen durch einen Spalt in der Wand anzusehen. Mein Taktgefühl jedoch wurde von der überwältigenden Neugier verdrängt, wissen zu wollen, wie ihr schöner Körper aussah. Erwartungsvoll sah ich durch den Spalt.

Ich konnte nichts erkennen. Das Badezimmer war leer. War es schon zu spät? Vielleicht hatte sie sich nur rasch gewaschen und schlief schon. Ungefähr fünf Minuten harrte ich aus, dann fiel mir jedoch auf, daß der bröckelnde Putz ganz trocken war. Sie hatte offensichtlich noch nicht geduscht. Und ich konnte mir nicht vorstellen, daß sie nach einer heißen Nachtfahrt im Zug zu Bett gegangen war, ohne sich zu duschen. Wahrscheinlich packte sie gerade ihre Sachen aus. Mit neuer Hoffnung schaute ich wieder durch den Spalt.

Meine Schlußfolgerungen waren offensichtlich richtig gewesen. Sie betrat das Badezimmer, noch völlig angezogen. Nur ihre hochhackigen Schuhe hatte sie abgelegt. Wieder einmal bewunderte ich ihre langen Beine. Sie begann, ihre Toilettensachen in den Schrank über dem Waschbecken einzuräumen – Make-up, Zahnpasta, Parfüm und so weiter. Jedesmal, wenn sie sich reckte, rutschte ihr Rock hoch, und ich konnte ihren Slip sehen, der sich eng um ihre Pobacken schmiegte. Ich bemühte mich, ruhig zu bleiben. Es war schlimm genug, daß ich so viel Angst vor der körperlichen Liebe hatte, aber es wäre noch furchtbarer, wenn schon die Erregung, ihr beim Ausziehen zuzusehen, zuviel für mich würde. Im übrigen konnte ich gar nicht sehen, wie sie sich auszog. Zwar konnte sie nicht wissen, daß ich sie beobachtete, zufällig trat sie aber nach rechts, so daß sie aus meinem Blickfeld verschwand, während sie ihre Kleider ablegte. Dann plötzlich sah ich sie ganz nackt vor mir, als sie unter die Dusche trat. Ich keuchte auf. Sie stand so nah vor dem Spalt in der Wand, daß ich nur einen kleinen Teil von ihr sehen konnte – vom Po bis zu den Knien. Ihre Pobacken glichen weichen Pfirsichen, golden und gerundet; als sehnten sie sich danach, berührt und geküßt zu werden. Sie drehte sich um, und ich bewunderte ihren Bauch, der sich leicht vorwölbte. Ihr Nabel, winzig und nach innen gezogen, betonte die Rundung und Verletzlichkeit des Bauches.

Direkt vor meinen Augen befand sich das Dreieck ihres Schamhaares, schwarz und gekräuselt. Gerade in dem Moment, als ich es fasziniert betrachtete, wurde es mit Tausenden von diamantenen Wassertropfen besprenkelt, die ihr ein Keuchen entlockten, das mich an Sarahs Stöhnen in der vergangenen Nacht erinnerte. Der Wasserstrahl der Dusche ergoß sich über ihren Körper und drang über die Armaturen auch auf meine Seite der Mauer. Ich zögerte zuerst, leckte die Tropfen dann aber dankbar von den Fliesen.

Sie begann sich einzuseifen. Laß mich es tun, flehte ich stumm, laß mich mit meinen Händen über jeden Zentimeter deines Körpers fahren. Dem schwarzen Dreieck schien sie besondere Aufmerksamkeit zu widmen, und dann fuhr sie langsam und vorsichtig mit ihren Fingern in die Spalte zwischen ihren Beinen. So würde ich es auch machen, dachte ich. Es würde dich nichts kosten, es mich tun zu lassen, und mir würde es soviel bedeuten. Ich hätte am liebsten geweint. Warum hatte Gott solche Schönheit geschaffen, nur damit man sie versteckte, weil die Konventionen es nicht erlaubten, daß man sie anschaute, geschweige denn berührte? Ich sah zu, wie sie sich den Seifenschaum vom Bauch, dem Po und den Hüften abspülte, und bewunderte das honigfarbene Fleisch. Weich, gerundet und völlig makellos.

Besser, ich zog mich zurück. Schließlich hatte ich ihr Keuchen so deutlich gehört, dann würde sie doch sicher auch meines hören? Mein schreckliches, hassenswertes, hoffnungsloses Herz begann wieder einmal außer Kontrolle zu geraten, und der Atem stockte mir in der Kehle. Zögernd wandte ich mich ab. Wieder in meinem Zimmer, warf ich mich auf mein Bett und weinte leise ins Kissen. Wer hätte gedacht, daß mir sogar die reine Beobachtung solche Schmerzen verursachen könnte? Ich hatte das schönste Kunstwerk der Welt durch einen Spalt in meinem Badezimmer gesehen. Zu wissen, daß ich sie von dort aus betrachten konnte, würde mich von nun an ständig gegen meinen Willen und gegen meinen gesunden Menschenverstand dorthin ziehen. Ich würde nicht nur die Qualen der Sehnsucht nach dieser unerreichbaren Schönheit ertragen müssen, sondern auch unter Scham und Schuldgefühlen zu leiden haben. Und hoffentlich schöpfte sie nie Verdacht, daß ich sie beobachtete! Bei dem Gedanken allein brach mir der kalte Schweiß aus. Ich war schon verlegen genug gewesen, als mich der Bauer und seine Tochter ertappt hatten, obwohl ich in diesem Fall nur Zeuge eines Ereignisses geworden war, das jeder Vorüberkommende als faszinierend empfunden hätte.

Nein, dieses Geheimnis mußte ich für mich bewahren.

4

Michelles Anwesenheit hatte mittlerweile jeden Seelenfrieden, der mir vielleicht zuteil geworden wäre, völlig zerstört. Nachdem sie zu Bett gegangen war, lief ich wie ein Tiger im Käfig hin und her. Ich konnte nur noch an ihren weichen, goldenen Körper denken. Am liebsten hätte ich geschrien, so weh tat meine Sehnsucht. Für mein Leben gern hätte ich sie berührt und festgehalten. Der Schmerz ließ nicht nach.

Ich mußte etwas finden, mit dem ich mich beschäftigen konnte, selbst wenn ich damit vielleicht andere Leute irritierte. Da es heute zum Abendessen bestimmt etwas ganz Besonderes zu Ehren von Michelle geben würde, beschloß ich, zu Madame Prost zu gehen und ihr bei den Vorbereitungen zuzuschauen. Ich ging hinunter in die riesige alte Küche hinten im Haus, wo sie gerade damit beschäftigt war, auf dem langen Holztisch Gemüse zu schneiden.

»Was kochen Sie uns heute abend?«

»Ah, Monsieur Philip. Heute abend gibt es das Lieblingsessen Ihres Vaters, *Homard Cardinal.*«

»Hummer, nicht wahr? Sieht gut aus.«

Wie viele Jahre war mein Vater nun schon tot? Vier? Und doch kochte Madame Prost immer noch seine Lieblingsgerichte. Ich ging in der Küche herum und spähte in die Töpfe und Pfannen. Aus einem Tiegel roch es seltsam.

»Uuh, was ist denn das?«

Sie schniefte mißbilligend.
»Das ist Madames neuester Wein. Zum Glück muß ich ihn nicht trinken.«
»Aber ich. Wollen wir mal hoffen, daß er noch ein bißchen besser wird.«
Ich ging um den Tisch herum und probierte eine der Saucen, die Madame Prost bereits zubereitet hatte.
»Mmm. Köstlich.«
Ärgerlich schwenkte sie ihren Holzlöffel.
»Lassen Sie das. Warten Sie bis zum Essen.«
»Ach, kommen Sie. Sie probieren doch auch sicher zwischendurch.«
»Natürlich. Woher sollte ich denn sonst wissen, ob noch Knoblauch oder Pfeffer fehlt? Vielleicht möchten lieber Sie kochen?«
»Nein, nein. Ihre Fähigkeiten sind unübertroffen. Sie werden Michelle heute abend sicher beeindrukken. Was halten Sie übrigens von ihr?«
»Très belle, très chic. Sie wird einige Herzen brechen.«
Sie blickte mich von der Seite an, aber ich wandte schuldbewußt die Augen ab.
»Ja, sie ist schon erwachsen. Nicht mehr meine Liga.«
»Ach, ist das heutzutage so etwas wie ein Wettbewerb? Aber jetzt gehen Sie besser und lassen mich meine Arbeit tun.«

Michelle hatte eine so beunruhigende Wirkung auf mich, daß ich einfach nicht wußte, was ich mit mir anfangen sollte. Ich hing im Garten herum und blickte gelegentlich zum Haus hinüber, als ob es eine ganz neue Bedeutung hätte – was es natürlich auch hatte.

Wieder in meinem Zimmer, versuchte ich zu lesen, aber die Worte ergaben keinen Sinn. Schließlich setzte ich mich vor den Fernseher, wurde aber nur erneut in meiner Meinung bestätigt, daß die französischen Fernsehprogramme die schlechtesten auf der ganzen Welt sind.

Um acht Uhr an diesem Abend wartete ich ungeduldig im Eßzimmer. Sarah erschien und sah so gelassen und gepflegt aus wie am Tag zuvor. Aber meine Gedanken waren schon ganz woanders. Sie war nur meine Stiefmutter, und ich wollte Michelle sehen. Endlich kam sie die Treppe herunter und stürzte mich mit einem knöchellangen, fließenden grünen Seidenkleid in Verwirrung.

»Ich hoffe, das ist nicht zu elegant, Sarah.«

Als ›elegant‹ hätte ich das Kleid nicht unbedingt bezeichnet. ›Sexy‹ war wohl der passendere Ausdruck. Es war rückenfrei und auch vorne ziemlich weit ausgeschnitten. Sie trug keinen BH. Zwei dünne Träger waren hinter ihrem Hals zusammengebunden, und überhaupt schien sich das Ganze nur durch Willenskraft obenzuhalten.

Wieder war die dunkle Wolke über Sarahs Gesicht geglitten. Aber sie war eine zu gute Gastgeberin, um sich etwas anmerken zu lassen.

»Natürlich nicht, meine Liebe.«

Ich stand da wie blöde, nicht in der Lage, auch nur ein Wort von mir zu geben, das nicht schwachsinnig geklungen hätte.

»Normalerweise beginnen wir mit einem Glas hausgemachten Weins statt eines Aperitifs. Aber es wird dich sicher freuen zu hören, daß wir zum Essen selbst einen französischen Wein trinken.«

»Das ist interessant. Woraus besteht der hausgemachte Wein?«

»Aus Rhabarber.«

Sarah schenkte jedem von uns ein Glas ein. Ich nippte an meinem und lächelte ermutigend. Eigentlich jedoch fand ich den Wein nicht genießbar. Michelle probierte pflichtschuldig.

»Mmm. Gut.«

Als Sarah sich umdrehte, um die Flasche abzustellen, zwinkerte Michelle mir zu und tauschte zu meiner Überraschung ihr Glas rasch gegen meines aus, obwohl es fast noch genauso voll war. Aber ich wehrte mich nicht dagegen, sondern trank dankbar von der Stelle, die ihre göttlichen Lippen berührt hatten, wobei ich darüber nachsann, warum der Wein auf einmal soviel süßer schmeckte.

Zum Glück war das Essen wesentlich besser. Madame Prost hatte offenbar zu Ehren unseres Gastes sämtliche Register gezogen, und Michelle war tief beeindruckt. Ich jedoch schenkte dem Essen wenig Aufmerksamkeit; selbst wenn es trockenes Brot gegeben hätte, wäre mir das nicht aufgefallen. Ich konzentrierte mich auf Michelles schwellende Brüste, wie sie sich hoben und senkten, während sie atmete, und wie gut sie unter der glatten Seide zu sehen waren. Ihre Brustwarzen zeichneten sich hart und fest unter dem Stoff ab.

Ich hatte die Aufgabe, Wein auszuschenken, einen gekühlten Rosé von der Loire, und trat hinter Michelles Stuhl, um ihr ein Glas einzugießen. Dabei beugte ich mich über ihre Schulter und fand die Aussicht hinreißend. Fast konnte ich die dunklen Höfe ihrer Brustwarzen sehen.

»Wir trinken diese Flasche dir zu Ehren, Michelle. Sie kommt aus Champtoceaux, wo wir alle vor Jahren waren.«

»Der Wein ist sehr gut.«

»Das sollte er auch sein. Vater hat eine ganze Kiste gekauft, als wir dort waren. Gestern hat Madame Prost die letzten Flaschen im Keller gefunden.«

Wir aßen die Hors d'œuvres, eine *Terrine de gibier* nach Madame Prosts eigenem Rezept. Ich starrte Michelle an, als habe sie mich hypnotisiert. Wann immer sich die Gelegenheit ergab, füllte ich ihr Weinglas, und um mich nicht verdächtig zu machen, verfuhr ich bei Sarah und mir genauso. Der Rhabarberwein mochte ein wenig bitter geschmeckt haben, aber er war doch stark gewesen. Der köstliche Rosé dagegen glitt leicht die Kehle hinunter, während wir die Paté und den Hummer aßen, und bald waren wir alle ein wenig angetrunken. Michelle starrte mich mutwillig an.

»Erinnerst du dich an irgend etwas aus den Ferien damals? Erinnerst du dich noch an das umgekippte Boot?«

Das klang ziemlich unschuldig. Das Boot, von dem sie redete, war ein alter, verrotteter Kahn, der am Fluß gelegen und unter dem wir stundenlang gespielt hatten. Das Problem war nur, daß unsere Spiele damals häufig aus dem kindlich erotischen Spielchen ›Du zeigst mir deins, ich zeige dir meins‹ bestanden hatten, harmlos zwar, aber in der Erinnerung eben doch peinlich. Ich errötete bei dem Gedanken daran. Sarah schien zu spüren, worum es ging.

»Was habt ihr zwei denn unter dem Boot gemacht?«

»Oh, nichts«, murmelte ich. »Das ist schon so lange her.«

»Ich glaube, man nennt es normalerweise Doktorspiele«, erwiderte Michelle ungerührt.

Sarah lachte fröhlich.

»Ihr ungezogenen Kinder. Dein Vater und ich hatten ja keine Ahnung, Philip.«

Ich wäre am liebsten im Boden versunken. Aus irgendeinem Grund schien es hier nur um mich zu gehen, obwohl Michelle genauso beteiligt gewesen war. Da sie der Gast war, hatte ich gedacht, sie wäre scheuer und zurückhaltender – aber offensichtlich entsprach das nicht ihrer Natur. Nachdem sie mich zu einem murmelnden Stück Gelee gemacht hatte, ging sie jetzt Sarah an.

»Das war nicht das einzige, was Philips Vater nicht wußte.«

»Was meinst du damit?« fragte Sarah.

»Nun, ich habe es damals niemandem erzählt, aber eines Tages habe ich etwas gesehen, daß ich nicht hätte sehen sollen.«

»Was denn?« fragte Sarah, die die Gefahr immer noch nicht erkannte.

»Eines Nachmittags war Philip mit seinem Vater zum Schwimmen gegangen, und ich bin alleine am Flußufer entlangspaziert. Als ich an einem Busch vorbeikam, hörte ich Stimmen. Ich spähte durch die Blätter – und sah Sie. Sie lagen im Gras und küßten einen Mann.«

Sarah wurde kalkweiß. Ich starrte sie erstaunt an. Ein Liebhaber? Als Vater noch lebte? Das war ja gräßlich.

Schließlich fand sie ihre Stimme wieder. Ihre Reaktion ließ ein Leugnen nicht mehr zu.

»Ach, das ist Jahre her. Es war eine dumme Sache. Ich hätte es besser nicht tun sollen.«

Verlegenes Schweigen kehrte ein, weil niemand wußte, was er sagen sollte. Ich war erleichtert, daß das Thema ohne Streit abgegangen war, aber doch seltsam deprimiert über die Tatsache, daß Sarah eine Affäre gehabt hatte, als mein Vater noch lebte. Da sie fast zwanzig Jahre jünger war als er, war es wahrscheinlich zu erwarten gewesen. Aber traurig war es trotzdem.

Zum Glück brachte Madame Prost in diesem Moment den Nachtisch – Erdbeeren mit Sahne und einer Brandycreme –, so konnten wir uns in der Unterhaltung wieder sichereren Themen zuwenden. Michelle schien jedoch immer noch zu Scherzen aufgelegt. Sie nahm eine der größten Erdbeeren, tauchte sie in die Creme und begann, die dicke cremige Masse von der roten Frucht zu lecken, wobei sie mich betont verführerisch ansah.

Ich versuchte wegzusehen, aber mein Blick wurde gegen meinen Willen immer wieder von ihrem angezogen. Ihre Zungenspitze fuhr lasziv um die rote Erdbeere, und als sie schließlich ein Stück davon abbiß, schloß sie in gespielter Ekstase die Augen. Ich konnte mir beim besten Willen nicht vorstellen, daß sie nur den Geschmack genoß, dazu war ihr Blick viel zu anzüglich. Ihre glänzenden schwarzen Augen fixierten mich, sie hatte die Lider halb gesenkt. Ich errötete wieder und spürte, daß Sarah mich finster ansah. Um den Zauber zu brechen, stand ich auf, um erneut Wein einzuschenken. Ich war angeheitert und nervös wegen Michelles Verhalten, so daß ich unbewußt die Flasche genau in dem Moment senkte, als sie nach einer weiteren Erdbeere griff. Der Wein ergoß sich über ihr Kleid. Natürlich hätte ich mich sofort entschuldigen müssen, aber ich konnte nur fasziniert beobachten, wie die nasse Seide an ihren Brüsten klebte. Die Brustwarzen zeichneten sich deutlich ab. Erstaunt seufzte ich auf und stand mit offenem Mund da. Dann merkte ich, daß ich den Schaden beheben mußte, also nahm ich meine Serviette und tupfte in sinnlosem Bemühen Michelles weiche Brust ab. Jetzt wurde es Sarah zuviel.

»Philip, du Tölpel! Hör auf! Vielleicht wäre es dir lieber, sie würde das Kleid ausziehen! Du meine Güte, setz dich endlich wieder hin!«

Es herrschte nervöses Schweigen. Sie hatte mich noch nie so angeschrien.

Nach einer Weile sagte Sarah ruhiger: »Es tut mir leid, Michelle. Ich hätte nicht so schreien dürfen. Aber der Junge ist offensichtlich vollkommen durcheinander.«

Ich setzte mich und sagte bis zum Ende des Essens kein Wort mehr. Das Komische daran war, daß ich nicht das Gefühl hatte, daß Sarah ärgerlich auf mich war. Mit ihrem Schreien hatte sie eigentlich Michelle, unseren Gast, gemeint.

Das Essen war eine Glanzleistung von Madame Prost gewesen, deshalb war seine Wirkung auf Michelle mehr als überraschend. Nachdem ich ein paar Stunden später zu Bett gegangen war, wurde ich wach, weil sich nebenan unüberhörbar jemand erbrach. Verschlafen stand ich auf, blickte auf meine Uhr und ging ins Badezimmer. Das Geräusch kam von der anderen Seite der Wand. Ich spähte durch den Spalt in der Dusche und sah, wie Michelle mit dem Kopf über der Toilette hing. Sollte ich zu ihr gehen und sie trösten? Schnell besann ich mich eines Besseren; sie hätte dann nur gemerkt, wie gut ich sie durch die Wand hören konnte, und außerdem war es ihr vielleicht lieber, wenn ich sie in diesem demütigenden Zustand nicht sah.

Zuviel Hummer bringt den Magen leicht durcheinander, auch wenn er so frisch ist, wie unserer es war. Natürlich konnte es auch sein, daß sie einfach zuviel getrunken hatte. Aber ich hatte genauso viel getrunken, und mir ging es gut. Sogar besser als sonst. Die arme Michelle, sie hatte an einem Tag mehr Aufregung verursacht, als wir sonst den ganzen Sommer über hatten. Ich kroch wieder ins Bett. Mir tat sie leid, trotz ihres mutwilligen Verhaltens.

Hoffentlich ging es ihr morgen wieder so gut, daß sie sich weiterhin so verhalten konnte.

5

Am Mittwochmorgen war es klar und warm. Sobald ich wach wurde, sprang ich aus dem Bett und lief ins Badezimmer, in der Hoffnung, einen weiteren magischen Blick auf meine Prinzessin in der Dusche werfen zu können. Ich hing vergeblich so lange vor dem Spalt herum, daß ich am Ende zu spät zum Frühstück eintraf. Als ich herunterkam, stellte ich fest, daß Michelle eine Stunde früher als ich aufgestanden war. Offenbar ging es ihr überhaupt nicht schlecht, und sie hatte ungeduldig auf mich gewartet, damit ich ihr den Ort zeigen konnte.

»Festigny? Dafür brauchen wir nicht lange. Sollen wir nicht lieber zu der Parfümerie in Grasse fahren?«

»Nicht an meinem ersten Tag. Laß uns am Hafen spazierengehen, und dann möchte ich mich in die Sonne legen. Schließlich ist das Mittelmeer gerade dafür berühmt.«

»Mir soll es recht sein. Du wirst heute abend einen roten Rücken haben, nicht ich.«

Wir gingen den Hügel hinunter und wanderten ungefähr eine Stunde am Hafen entlang. Zwei heruntergekommene Fischkutter kamen mit ihrem mageren Fang herein. Sie teilten sich den Hafen mit den Yachten der Multimillionäre, die hier wie Sardinen vor Anker lagen. Ihre Besitzer gaben vor, gute Segler zu sein, obwohl die meisten dieser teuren Schiffe eigens bezahlte Kapitäne und eine Mannschaft hatten, die

die seemännischen Versuche ihrer reichen Arbeitgeber geduldig ertrugen.

Das erinnerte mich an eine der Attraktionen Festignys, die ich Michelle unbedingt zeigen wollte.

»Laß uns im Yachtclub etwas trinken gehen.«

Mißtrauisch beäugte sie die prächtigen Schiffe.

»Im Yachtclub? Meinst du, sie lassen mich in Jeans herein?«

»Das glaube ich schon. Zumindest, wenn ich dem Türsteher Geld in die Hand drücke.«

»Ist es das wert? Wollen wir uns nicht lieber in eine normale Bar setzen?«

Tatsächlich war auch der Yachtclub nichts anderes als eine ganz normale Bar. Er wurde in der letzten Saison von einem Griechen namens Costas eröffnet, und zwar mit einem gewaltigen Werbeaufwand. Der einfach daraus bestand, daß er ein großes Schild über der Tür befestigte, auf dem *Festigny Yachtclub* stand. Damit zog er vor allem die jüngeren Leute aus dem Ort an. ›Wir sehen uns im Yachtclub‹ wurde der Standardsatz, wenn man sich verabschiedete, vor allem, wenn die Eltern zuhörten. Und natürlich verstanden nur die Ortsansässigen den Witz. Touristen trauten sich selten in diese geheiligten Hallen. Als Costas darauf aufmerksam gemacht wurde, daß er mit seinem Schild die Urlauber fernhielt, entgegnete er fröhlich, daß die Leute aus dem Ort sowieso mehr Geld hätten.

Michelles Desillusionierung rechtfertigte den Besuch. Ich bestellte zwei Kirs an der Bar bei Costas, und er machte sich nicht einmal die Mühe, am Tisch zu bedienen. Ein Kir besteht aus Weißwein mit einem Schuß schwarzem Johannisbeersirup. Meiner Meinung nach verdirbt man damit den Wein, aber in diesem Jahr tranken es alle. Wie üblich saßen die Jugendlichen aus dem Ort an einem Tisch zusammen und unterhielten sich blendend. Ich fühle mich oft nicht zugehörig, wenn ich dorthin gehe, aber heute hatte ich ein tolles Mädchen am Arm, und das entschädigte mich für meine sonstige Benachteiligung. Und tatsächlich wurden wir auch mit mehr als den üblichen Seitenblicken von den männlichen Mitgliedern der Gruppe bedacht.

Der Tag wurde immer heißer, und so schlenderten wir später weiter, auf das Cap zu, wo der Sandstrand beginnt, um uns der Hauptaufgabe des Tages, Michelles Sonnenbad, zu widmen. Ich schlug vor, zum Acapulco Beach zu gehen, dem teuersten der Privatstrände. Michelle ging sich umziehen, und ich setzte mich hin und bestellte zwei Martinis. Ich bin gern am Acapulco. Es gibt dort einen Swimmingpool und einen Clown, der auf einem Einrad um den Pool fährt. Bis jetzt ist er noch nie hineingefallen, aber das konnte nur eine Frage der Zeit sein.

»Ist der Drink für mich?«

Ich blickte auf. Michelle stand vor mir. Sie trug weniger Stoff, als man bräuchte, um ein Kindertaschentuch zu nähen. Mein Mund wurde trocken. Daß sie oben ohne kommen würde, hatte ich nicht bedacht. Verzweifelt versuchte ich, Haltung zu bewahren.

»Ja, natürlich. Ist Martini okay?«

»Sehr gut. Wenn ich so weitermache, bin ich noch vor dem Mittagessen betrunken.«

Sie legte sich auf den Bauch auf eine der Liegen, stellte den Drink am Kopfende auf den Boden und trank den Martini durch einen Strohhalm, während sie sich den Rücken bräunen ließ. Mein Leiden verringerte sich dadurch nicht. Ihr winziges Bikinihöschen bedeckte kaum ihre Pobacken und ließ verführerische Einblicke zu, für die sie noch ein paar Jahre zuvor, selbst an der Côte d'Azur, eingesperrt worden wäre.

»Kannst du mir den Rücken einreiben, oder darf man das an so einem vornehmen Ort nicht?«

»Natürlich.« Ich schluckte. »Ich werde mein Bestes tun.«

Meine Finger zitterten so sehr, daß ich die Flasche fallen ließ, die sie mir reichte. Schließlich gelang es mir, etwas auf ihrem Rücken zu verteilen, und ich begann vorsichtig damit, sie einzucremen. Gerne wäre ich mit den Händen tiefer, zu den Seiten geglitten, ich wußte aber genau, daß ich dazu zu feige war.

»Paß auf, daß du alle weißen Stellen erwischst«, befahl Michelle fröhlich. »Ich möchte keine roten Ränder um mein Bikinihöschen haben.«

Meine Hände gehorchten und glitten hinunter zu den Zwillingshügeln ihrer Pobacken, die nur unvollkommen von dem winzigen Stoffstreifen bedeckt wurden. Wie gerne wären meine Finger unter den Stoff gerutscht, aber mein Kopf sagte mir, daß ich wieder einen Anfall von Luftnot erleiden würde. Und das könnte, vor allem hier in der Öffentlichkeit, unendlich peinlich sein. Also erfüllte ich rasch meine Aufgabe und gab ihr die Sonnencreme zurück.

»So. Jetzt kannst du braten wie ein Rumpsteak.«

Ich setzte mich wieder, schwindlig und verwirrt, und blickte zum Pool. Es gab keinen Zweifel, Michelle war hier weit und breit das auffallendste Mädchen. Alle redeten über uns, und wir gaben das richtige Bild ab. Sogar die Art, wie sie ihren Martini trank, paßte in die Umgebung. Der Einradfahrer war ebenfalls auf uns aufmerksam geworden und fuhr absichtlich um Haaresbreite an Michelles Glas vorbei. Sie zuckte nicht einmal, was mich freute. Die meisten Touristinnen quietschten, und das war genau das, was er wollte. Michelles Selbstsicherheit war bewundernswert, und das erfüllte mich mit tiefer Befriedigung. Ich war schon stundenlang an diesem Pool gewesen, meistens alleine, und immer hatte ich das Gefühl gehabt, ein Fremdkörper zu sein. Plötzlich gehörte ich dazu. Als Begleiter eines Starlets oder eines Models! Natürlich war Michelles keins von beidem, aber das wußte ja keiner. Sie sah auf jeden Fall so aus, und die neidischen Blicke, die ich erntete, gaben mir das Gefühl, ein Filmproduzent zu sein.

Es waren kaum zehn Minuten vergangen, als einer meiner flüchtigen Bekannten vorbeikam.

»Tag, Philip. Wie geht's?«

»Gut, Jaques.« Als ob ihn das interessieren würde.

»Der Sommer wird immer heißer. Noch zwei Wochen, und du kannst endlich dein Hemd ausziehen.«

»Ich möchte nicht von all den Schönen, die verrückt nach mir sind, totgetrampelt werden. Was ist mit dir? Hast du dein Boot kaputtgemacht?«

»Noch nicht. Ich habe es ja erst eine Woche.«

»Ich dachte, das wäre lang genug.«

Jaques ist jemand, mit dem man nur in diesem Ton reden kann. Es irritiert mich über die Maßen, ich lasse mich aber trotzdem immer wieder auf seinen Gesprächsstil ein, bei dem halb ernst gemeinte Beleidigungen ausgetauscht werden.

»Wer ist denn deine neue Freundin, Philip?«

»Ach ja, Michelle, das ist Jaques Leroux. Er wohnt drüben am Cap. Jaques, das ist Michelle Normand. Sie ist gerade aus Paris gekommen und bleibt den Sommer über bei uns.«

Sie schüttelten sich die Hand. Michelle hatte nur den Kopf gedreht, stand aber nicht auf.

»Schön zu hören. Ihr müßt zu meiner Party am Samstag kommen. Es wird ein Riesenfest.«

»Gerne«, erwiderte Michelle, ohne mich um Zustimmung zu fragen..

Ich knirschte ärgerlich mit den Zähnen. Die Pest sollte ihn holen. Ich wollte sie für mich.

Jaques hatte ein Schnellboot, das im Hafen lag. Heute war das Meer zu aufgewühlt, um damit zu fahren, aber wenn er es benutzte, dann waren alle Frauen von ihm fasziniert. Zum Glück war er heute schon mit einem Mädchen da, das sich auf der anderen Seite des Pools sonnte. Das dämpfte ihn ein wenig, wenn auch nicht allzusehr.

»Hat Philip dich in seinem Auto hierher gefahren?«

»Vom Bahnhof in Nizza, ja. Warum?«

»Schleicht ziemlich durch die Gegend, der Gute, was? Wir haben eine Theorie, daß er kein Geld mehr hatte, um einen Motor zu kaufen, und statt dessen Fahrradpedale eingebaut hat.«

»Er hat mich fahren lassen.«

»Was?« Jaques war aufrichtig verblüfft. »Das ist aber eine hohe Ehre. Du bekommst den Spencer-Wagen anvertraut? Höre ich da Hochzeitsglocken, Philip?«

»Sie fährt gut. Viel schneller als ich.«

»Wer tut das nicht? Das Auto ist an dich verschwendet.«

Als er weg war, schlug ich ihr vor, im Meer schwimmen zu gehen. Ich wollte damit lediglich erreichen, daß sie aufstand. Weil sie auf dem Bauch lag, verbarg sie ihre hübschen Brüste vor mir, und ich wollte sie zu gerne sehen. Jetzt zog ich mir zwar meine Badehose an, hatte aber nur vor, ein wenig herumzuplanschen – mehr erlaubte mein Gesundheitszustand nicht. Michelle jedoch rannte ins Wasser, und obwohl es noch recht kühl war, kraulte sie gleich ziemlich weit hinaus. Ich konnte nur noch zu meiner Liege zurückkehren; wobei ich mir lahm und überflüssig vorkam.

Das Warten lohnte sich jedoch. Endlich tauchte sie wieder auf und lief über den Strand auf mich zu, natürlich verfolgt von den Blicken aller Männer Als sie bei mir angekommen war, ergriff sie ein Handtuch und rubbelte nachdrücklich die langen Haare. Ihr fantastischer Körper glänzte naß, als sie sich, dieses Mal auf den Rücken, auf die Liege warf.

Ihre gebräunten Brüste waren vollkommen. Ich glaube, ich hatte während meiner ganzen Zeit als Mädchenbeobachter an diesem Strand noch niemals so perfekte Brüste gesehen. Und um das Ganze noch zu krönen, hatte das kalte Wasser ihre dunklen Brustwarzen so stimuliert, daß sie steif hochstanden, stolz und arrogant, wie Soldaten bei einer Parade. Schweratmend lag sie da und machte sich offensichtlich keine Gedanken über die Wirkung, die sie auf mich und die anderen Sonnenanbeter ausübte. Ich spürte, daß Hunderte von Augenpaaren auf uns gerichtet waren, und meine ungewohnte Position im Mittelpunkt der Aufmerksamkeit war mir mehr als peinlich.

Langsam trocknete Michelles Körper in der heißen Sonne, und das hatte einen seltsamen Effekt, den ich noch nie zuvor beobachtet hatte. Ihre aufgerichteten

Brustwarzen entspannten sich unmerklich in der Wärme, bis sie schließlich in dem sie umgebenden Hof fast versunken waren. Zur gleichen Zeit wurden auch die festen Brüste weicher, und ihre Form wurde runder. Wußte sie, was geschah? Konnte sie die Veränderung spüren? Die Vorstellung, hier zu liegen, während so viele Menschen zusahen, wie sich der Körper veränderte, kam mir unglaublich sexy vor. Genoß sie das Gefühl – oder wußte sie einfach nicht, was geschah?

Ich bestellte zwei weitere Drinks beim Kellner. Dann sank ich auf meinem Deckchair in einen euphorischen Dämmerzustand, wobei ich den Blick nicht von Michelles Oberkörper wandte. Aber ich hätte mir denken können, daß sie mich nicht lange in Ruhe lassen würde. Sie öffnete ein Auge und blickte mich mutwillig an.

»Du hast mir so gut den Rücken eingecremt. Meinst du, du kannst das vorne auch?«

Sie hielt mir die Flasche entgegen. Mir blieb der Mund offenstehen, und ein Gefühl hilfloser Unzulänglichkeit überwältigte mich. Ich war sicher, daß jeder, eingeschlossen Madame Lefarge, die Witwe eines Bankers, die rechts neben uns saß, oder Monsieur Clermand, der siebzigjährige Rennpferdbesitzer, der mit den zwei bridgespielenden Schwestern an der anderen Seite des Pools hockte, daß tatsächlich jeder, den ich auch nur flüchtig kannte, uns ansah und auf meine Entscheidung wartete.

Natürlich lehnte ich ab, wobei ich es noch nicht einmal in Worte fassen konnte, sondern einfach nur den Kopf schüttelte. Das wäre schlimm genug gewesen, aber es kam noch schlimmer. Ein Anfall von Luftnot in der Öffentlichkeit war das letzte, was ich jetzt brauchen konnte. Aber er überfiel mich trotzdem. Mein Atem sägte durch meine Kehle, und ich gab Geräusche von mir wie ein Esel, der iah schreit. Die anderen Gäste wandten sich höflich ab und taten so, als fiele ihnen meine groteske Darbietung nicht auf. Der Anfall schien ewig zu dauern, obwohl es in Wirklichkeit sicher nur ein paar Minuten waren. Schließlich beruhigte sich mein Atem wieder, und mein Brustkorb hob und senkte sich nicht mehr so qualvoll.

Michelle zuckte mit den Schultern und begann, sich selbst einzucremen. Sie machte das sehr viel gründlicher, als ich es je hätte wagen können. Unter ihren Händen richteten sich ihre Brustwarzen wieder auf, und ich dachte daran, daß das meine Hände hätten sein können.

Kein Zweifel, ich hatte Michelles Test nicht bestanden. Als wir noch miteinander in der Loire geschwommen oder auf Bäume geklettert waren, hatten wir immer versucht, uns gegenseitig an Wagemut und Wildheit zu übertreffen. Wahrscheinlich hatte sie sich an diese Zeit erinnert und herausfinden wollen, ob ich immer noch genauso verwegen war. Außerdem hatte sie mir gerade bewiesen, daß sie es in der Erwachsenenwelt an einem Pool im Süden Frankreichs mit jedem aufnehmen konnte. Ich dagegen war nur noch für nachmittägliche Teepartys oder Whistpartien zu gebrauchen.

Elend saß ich da und hätte mich am liebsten in ein Mauseloch verkrochen, aber die Peinlichkeiten waren noch nicht ausgestanden. Sie stützte sich auf einen Ellbogen und sah mich an. Dann sagte sie: »Ich glaube, wir sollten mal über Sex reden.«

Ich überlegte, ob ich wohl richtig gehört hatte.

»W... was sagst du da?«

»Ach, komm schon. Du weißt genau, was ich meine.«

Der Schweiß stand mir auf der Stirn. Anscheinend war die Sonne noch stärker geworden.

»Nein, tut mir leid.« Meine Stimme war nur noch ein Murmeln.

»Ich habe ausgerechnet, daß du mittlerweile neunzehn sein mußt.«

Ich nickte.

»Und immer noch mit keiner Frau geschlafen?«

Ich gab einen leisen, gequälten Laut von mir.

»Woher weißt du das?«

Zumindest funktionierte meine Zunge wieder, obwohl sie sich anfühlte wie eine Schuhsohle, die an meinem Gaumen klebte.

»Na, das ist doch offensichtlich, oder?«

»Ach ja?«

»Nun ... Das blöde Spiel in der Dusche gestern. Natürlich habe ich den Spalt entdeckt. Und wie du mich ständig anstarrst. Man braucht bloß eins und eins zusammenzuzählen.«

Sie zupfte sanft mit Daumen und Zeigefinger an einer ihrer Brustwarzen, die sofort hart wurde. Ich schluckte. Mir fiel nichts ein, was ich sagen konnte. Ich bestand nur noch aus Jammer, starrte auf meine Knie und versuchte mir einzureden, daß sie auf der Stelle verschwinden würde. Aber sie blieb da.

»Schau mal, ich weiß, daß ein Mädchen nicht zu direkt sein darf. Aber ich habe das Gefühl, wenn ich nichts tue, passiert auch nichts.«

Schon wieder war ich völlig fassungslos. Ein

Schweißtropfen rann über meine Nase und fiel in meinen offenen Mund.

»Jetzt komm schon. Ich sage ja nur, daß ich zur Verfügung stehe, wenn du Erfahrungen sammeln willst. Ich helfe dir.«

Das zumindest drang in meinen Schädel, auch wenn es meine kühnsten Träume übertraf. Dieser Engel bot sich mir selbst an! Wenn ich das Angebot annahm, könnte ich sie berühren, ihre Brustwarzen küssen und ihre Brüste streicheln, mit meinen Händen über ihre langen, langen Beine fahren, mein Gesicht und meine Zunge in ihrem perfekten Nabel und in ihrem Dreieck vergraben, und schließlich, unglaublich genug, könnte ich sie wahrhaftig besteigen und in sie eindringen, wie ein Hengst, der seine Lust befriedigt.

Ein unbeschreiblicher Schmerz breitete sich in meiner Brust aus, als wolle er mich daran erinnern, daß ich nicht Herr meines Verlangens, sondern im Gegenteil Sklave meiner elenden Krankheit war. Ich mußte die richtigen Worte finden, um es ihr zu erklären.

»Ich muß zugeben, daß ich völlig hingerissen von dir bin, vielleicht habe ich mich sogar verliebt. Ich kann den Blick nicht von dir abwenden. Plötzlich bist du der Mittelpunkt meiner Welt.«

Ich schwieg, aber sie erwiderte nichts. Offensichtlich wollte sie jetzt mir das Reden überlassen. Aber sie hatte wahrscheinlich sowieso schon erraten, was ich sagen wollte.

»Aber du kennst mein Problem. Na ja, nein … das stimmt nicht. Du weißt nicht, wie es ist, nach Luft ringen zu müssen und sich vorzukommen wie ein Ertrinkender. Ich bin ein Feigling. Auch das gebe ich zu. Früher war ich das nicht, aber diese verdammte

Krankheit hat mich sowohl mental wie auch körperlich fertiggemacht.«

Ich saß eine Minute lang schweigend da.

»Du hast mir den Schlüssel zum Himmel angeboten, und ich werde ihn in den Gully werfen. Aber du mußt verstehen, daß wir es einfach nicht riskieren können. Angenommen, mein Herz würde mittendrin versagen, dann würdest du dir entsetzlich vorkommen. Wie eine Mörderin.«

Sie sah mich an und schenkte mir ein leises Lächeln.

»Na ja. Okay. Es ist nicht fair von mir, dir etwas aufzwingen zu wollen, vor dem du Angst hast. Aber bist du wirklich sicher, daß deine Krankheit so schlimm ist? Vielleicht ist sie zumindest teilweise psychisch bedingt?«

Ich öffnete schon den Mund, um tief verletzt zu widersprechen, aber sie ließ mich nicht zu Wort kommen.

»Nein, reg dich nicht auf. Ich meine ja nur, daß du dich möglicherweise mehr zurückhältst, als es nötig ist. Dein Körper kann vielleicht viel mehr, als du denkst.«

»Das ist nicht fair! Meine Krankheit ist ganz real!«

»Das glaube ich dir ohne weiteres. Aber ist sie wirklich so schlimm, wie du annimmst? Schau mal, ein Beispiel. Nehmen wir an, ein Mädchen wird schwanger. Egal ob beabsichtigt oder unbeabsichtigt, wenn es erst einmal passiert ist, weiß sie, daß das Baby in ihr wächst, bis es eines Tages, nach neun Monaten, herauskommt. Sie weiß nicht, zumindest nicht beim ersten Mal, wie sich das anfühlen wird, ob sie die Energie und die Kraft haben wird, es durchzustehen. Sie muß einfach darauf vertrauen und daran glauben, daß die Natur sie mit der Kraft ausstattet, die sie braucht. Und das ist auch immer der Fall. Ich weiß, daß es bei dir nicht genauso ist, aber der Vergleich hält doch stand. Bis du es nicht versucht hast, weißt du nicht, ob du es kannst.«

Mir kamen diese Worte sehr herzlos vor.

»Das kannst du doch nicht miteinander vergleichen! Wenn ich nicht die Medikamente nähme, die Doktor Dubois mir gibt, wäre ich schon längst tot.«

»Glaubst du immer alles, was er dir sagt? Meinst du nicht, daß er vielleicht manchmal übertreibt?«

»Natürlich nicht! Er ist ein Top-Arzt! Du redest so, als wäre er irgendein Quacksalber.«

»Gut. Es tut mir leid. Ich merke, daß ich dich verärgert habe. Aber wo ich jetzt schon mal so weit gegangen bin, möchte ich dich etwas fragen.«

»Was?«

»Wenn du das nächste Mal einen Anfall von Luftnot bekommst, dann versuch es einmal mit der Methode, die sie gegen Klaustrophobie empfehlen.«

»Ich leide nicht unter Klaustrophobie«, knurrte ich wütend.

»Das weiß ich. Versuch es trotzdem. Leg deine Hände wie eine Kuppel vor deinen Mund und atme hinein ...«

»Mach dich nicht lustig über mich! Verdammt noch mal! Du hast vielleicht Nerven, mir etwas über eine Krankheit zu erzählen, die ich seit zwei Jahren habe!«

Sie hörte jedoch nicht auf.

»Willst du denn nicht wenigstens eine zweite Diagnose einholen? Fahr in eine andere Stadt, meinetwegen nach Nizza, such dir die beste Privatklinik dort und laß dich gründlich untersuchen.«

»Ganz bestimmt nicht! Das würde mir nicht im Traum einfallen! Das wäre eine Beleidigung für Doktor Dubois! Nach allem, was er für mich getan hat!«

Jetzt sagte sie nichts mehr. Verdammt, daß ein so bedeutungsvolles Gespräch so enden mußte! Sie hatte mir das angeboten, was ich mehr als alles andere in der Welt ersehnte. Und ich Feigling hatte sie abgewiesen. Worauf sie mit einer Gehässigkeit reagiert hatte, die nur zu verständlich war. Keine Frau mochte es, wenn sie abgewiesen wurde. Nun ja, dieser Sommer war gelaufen. Unsere Freundschaft würde das wahrscheinlich nicht überleben. Das beste, was ich jetzt noch erhoffen konnte, war eine zurückhaltende, formelle Beziehung, bis sie wieder nach Paris fuhr.

Und in der Zwischenzeit hatte ich sie, ohne es zu wollen, eingeladen, sich mit jedem anderen Mann einzulassen, auf den ihr Auge fiel. Ich konnte ihr da wohl kaum im Weg stehen, nachdem ich sie zurückgewiesen hatte. Ich blickte zur anderen Seite des Pools hinüber und bemerkte, daß Jaques uns verstohlen beobachtete. Die Jagd hatte schon begonnen.

6

Aber überraschenderweise war noch nicht alles verloren. Michelle hatte die Episode anscheinend sofort vergessen und sich vorgenommen, Sex oder meine Krankheit nicht wieder zu erwähnen. Sie war freundlich und heiter – und wunderschön, die perfekte Gefährtin für einen jungen, alleinstehenden Mann. In den restlichen Tagen der Woche fuhren wir nach Grasse und zu den anderen touristischen Attraktionen, machten einen Spaziergang in den Hügeln und legten uns noch einmal in die Sonne. Mit der nötigen Energie wäre ich ihr gerne wie ein Hund hinterhergelaufen. Ich war rettungslos verliebt, und sie spürte das wohl auch deutlich. Sie neckte mich und ließ mich großzügig ihren halbnackten Körper bewundern, und sogar ihren völlig nackten Körper unter der Dusche, wo sie sich keine Mühe mehr gab, sich zu verbergen.

Obwohl ich Doktor Dubois vehement verteidigt hatte, ertappte ich mich dabei, wie ich über Michelles Worte nachdachte.

Ich beschloß, bei Gelegenheit allein mit ihm zu sprechen und ihn zu überreden, mir offen zu sagen, wie schlimm es um mich stand. Vor allem würde ich ihn, wenn ich es über mich brachte, danach fragen, wie gefährlich Geschlechtsverkehr für mich wäre. Das Problem bei ihm war nur, daß aufgrund seines untadeligen, aber reservierten Verhaltens keine wirklich freundschaftliche Beziehung zwischen uns entstanden war. Trotz der vielen Stunden, in denen er mich behandelt hatte, waren wir uns nicht besonders nahe gekommen und hatten immer noch ein distanziertes Verhältnis zueinander.

Ich verbrachte so viel Zeit wie möglich mit Michelle, schien aber ständig schwach und lustlos zu sein. Deshalb ging sie an ein paar Nachmittagen und an den meisten Abenden allein aus. Ich konnte es ihr nicht verwehren, da ich mich nach einem aktiven Morgen immer für ein paar Stunden hinlegen mußte und mich um neun Uhr abends nicht mehr auf den Beinen halten konnte. Ich ging um zehn zu Bett, lag dann stundenlang wach und wartete darauf, daß sie nach Hause kam. Für gewöhnlich verkündete das Geräusch irgendeines Sportwagens gegen zwei oder drei Uhr in der Frühe ihre Ankunft. Und ich lag da und verfluchte meine Unzulänglichkeit.

Bei zumindest einer dieser Gelegenheiten war Jaques ihr Begleiter. Ich erfuhr dies nur durch Zufall eines Tages, als ich eine enthusiastische Unterhaltung im Yachtclub mitbekam. Offenbar hatten Jaques und Michelle den Einradfahrer vom Acapulco am Abend zuvor dazu überredet, ihnen bei einem Scherz zu helfen. In der Dämmerung, als sich am Hafen viele Touristen aufhielten, war er mit voller Geschwindigkeit den Kai entlanggefahren und an seinem Ende, so wie es aussah, direkt ins Wasser hinein. Natürlich war er geschickt genug, in der letzten Minute abzudrehen und sich, um nicht gesehen zu werden, hinter einem Stapel von Hummerkesseln zu verbergen. Im gleichen Moment hatte Jaques einen der Kessel ins Meer geworfen, um einen mächtigen Platscher zu erzeugen, und Michelle hatte laut um Hilfe gerufen, weil ein Mann ins Wasser gefallen wäre. Alle Touristen kamen angelaufen, und zwei oder drei zogen sogar ihre Jacken aus und sprangen hinterher, um nach ihm zu suchen. Die Polizei wurde gerufen, aber der Sergeant warf nur einen Blick auf Jaques' Gesicht, zuckte gleichmütig mit den Schultern und ging wieder. Die Touristen erfuhren nie, was wirklich passiert war.

Als ich das hörte, dachte ich nur, was für ein alberner Streich das gewesen war. Aber zugleich verspürte ich eine unerklärliche Sehnsucht, dazuzugehören und nicht immer nur ein Außenseiter zu sein.

Ich hatte gar nicht mehr an Jaques' Party gedacht, aber als es Samstag wurde, erinnerte Michelle mich daran, daß wir beide eingeladen waren. Sie rief ihn morgens an, schwatzte lange mit ihm und informierte mich anschließend, daß er uns beide gegen neun Uhr abends erwartete.

»Geh doch allein. Ich bringe dich hin und fahre dann wieder nach Hause.«

»Unsinn. Wir sind beide eingeladen. Du kommst mit mir, und du wirst dich prächtig amüsieren.«

Ich überlegte, warum sie gesagt hatte, ›du‹ wirst dich prächtig amüsieren, statt ›wir‹, fragte aber nicht nach.

Heutzutage erwartet wenigstens niemand mehr, daß man sich für diese Partys auf dem Cap feinmacht. Als Mann reicht es, wenn man Hose, Hemd und Sandalen trägt. Michelle hatte ein rotschwarz gestreiftes Wollkleid, das ich noch nicht kannte und das sie sich für diese Gelegenheit wahrscheinlich in Cannes gekauft hatte. Wir fuhren über den Hafen dorthin, was um diese Tageszeit das reinste Hindernisrennen war, und dann an der Landzunge entlang, die im Osten des

Ortes ins Meer ragt. Es ist ein hübsches Viertel, voller Bäume und Blumen, und weil es nirgendwo hinführt, ist es auch nicht so zugeparkt wie der Rest der Küste. Ein Haus in diesem Viertel kostet ungefähr dreimal so viel wie unseres hinter dem Ort.

Die Party war bereits in vollem Gange, als wir ankamen.

Michelle wurde mir buchstäblich entrissen, als wir zur Haustür hereinkamen, und auf die Tanzfläche gezogen. Ich wußte, daß ich mich auf meine Rolle als Zuschauer beschränken mußte, aber es schmerzte mich trotzdem, sie zu verlieren. Im Ort haftete mir so etwas wie der Ruf an, jede Party zu verderben, weil meine bloße Anwesenheit die Stimmung dämpfte. Das war wahrscheinlich unvermeidlich, aber trotzdem ein unbehagliches Gefühl. Also beschloß ich, ein fröhliches Gesicht zu machen, ganz gleich, wie elend mir zumute war. Ich holte mir etwas zu trinken und ging zu der Musikgruppe.

Die Band war wirklich hervorragend. Sie bestand aus nur drei Leuten: einer Sängerin in einem engen schwarzen Kleid, die auch das Tamburin schlug, einem Gitarristen, der im Hintergrund saß und nachdenklich dreinschaute, und einem Schlagzeuger, der seltsame Tom-Toms und Bongos mit den bloßen Händen bearbeitete. Wenn man die Band so beschreibt, hört sich das wahrscheinlich nicht so großartig an, aber ihr Rhythmus hatte die Kraft eines Schnellzuges. Keine französische Band, die ich kannte, hatte auch nur annähernd soviel Drive, und in einer Pause fragte ich sie, woher sie kamen. Sie kamen aus Brasilien und verdienten ihren Lebensunterhalt damit, daß sie an der Côte auftraten. Ich nahm mir noch etwas zu trinken, setzte mich in die Nähe der Band und lehnte mich zurück, um die Musik zu genießen.

Plötzlich warf sich ein Mädchen, vom Tanzen erhitzt und schwer atmend, neben mich.

»Tanzt du nicht?« fragte sie mich auf französisch.

Sie trug etwas, das ich nur als Pyjama beschreiben kann, eine weite blaue Hose, die kurz unter dem Knie endete, und ein weites, bauchfreies Oberteil. Sie war winzig, höchstens ein Meter fünfzig, und hatte ein mutwilliges Gesicht voller Sommersprossen unter einem Wust blonder Locken. *Gamine* sagen die Franzosen zu so einem Mädchen.

»Ich höre der Band zu. Sie sind wirklich gut, nicht wahr?«

»Ja. Sie machen alle ganz verrückt. Wenn sie nicht bald langsamer werden, fallen wir alle noch tot um.«

Sie konnte nicht wissen, daß sie gerade meine ewige Angst ausgesprochen hatte. Aber ich beschloß, nicht darauf einzugehen. Dieses Mal nicht. Ich mußte auch mal ein Gespräch führen können, ohne meinem Gegenüber von meiner Krankheit zu erzählen.

»Ich habe dich am Strand noch nie gesehen. Machst du Urlaub hier?« fragte ich die Kleine.

»Nein. Einer von Jaques' Freunden hat gemeint, ich solle für die Party hierherkommen.«

»Woher?«

»Aus Paris.«

»Paris? Das ist aber ein weiter Weg für eine Party.«

»Wenn ich ehrlich bin, ist es auch eine Übertreibung. Ich bin auf dem Weg zu dem Ferienhaus meiner Eltern in Cap d'Agde. Und da habe ich einen kleinen Umweg über die Côte gemacht.«

»Wie heißt du?«

»Solange.«

»Sonnenengel. Was für ein schöner Name. Ich heiße Philip. Kann ich dir was zu trinken besorgen?«

»Würdest du das tun? Ich bin so erschöpft, ich kann mich kaum noch bewegen. Besorgst du mir einen Kir?«

Ich stand auf, um ihr den unvermeidlichen Kir und mir selbst noch ein kaltes Bier zu holen. Halb erwartete ich, sie wäre verschwunden, wenn ich zurückkam, aber sie war noch da und sah erhitzt und hübsch aus.

»Hier ist der Drink, Sonnenengel.«

»Danke. Ist ›Sonnenengel‹ englisch?«

»Ja. Meine Muttersprache, aber ich lebe schon seit Jahren hier an der Côte.«

»Dann warst du also schon auf Hunderten von Partys wie dieser hier?«

»Na ja, auf Hunderten vielleicht noch nicht.«

»Warum tanzt du eigentlich nicht?«

Verdammt. Wie immer mußte ich jetzt eine Erklärung abgeben.

»Ich habe ein schwaches Herz. Nichts Ernstes, aber ich kann nicht mehr so herumhüpfen wie früher.«

»Das ist schade. Aber eine bestimmte Art von Tanzen kannst du dir bestimmt leisten.«

»Wie meinst du das?«

»Komm mal mit.«

Sie stand auf und ging, ohne sich umzusehen, durch den Raum. Ich war fasziniert und folgte ihr wie ein Hündchen. Sie führte mich nach oben in einen Raum, von dem ich gar nicht gewußt hatte, daß er existierte. Es war fast völlig dunkel darin, aber ich konnte erkennen, daß sich zahlreiche Körper zur neuesten Lionel-Ritchie-Platte bewegten. Solange nahm mein

Glas aus der Hand, stellte es auf ein Regal und zog mich in die Menge hinein. Ich schlang meine Arme um sie, und es kam mir so vor, als ob ich eine japanische Puppe festhielte. Ihr Kopf reichte mir gerade bis an die Brust. Ohne jede Zurückhaltung legte auch sie mir die Arme um die Taille. Fast kam es mir so vor, als trüge ich sie, so leicht wie sie war. Sie vergrub ihr Gesicht an meiner Brust, und ich beugte mich herunter und küßte sie auf den Scheitel, als wäre das die natürlichste Sache der Welt.

Sie hatte recht. Diese Art zu tanzen erforderte nur ein Minimum an Energie. Wir brauchten uns nur in der wogenden Menge treiben zu lassen. Falls es irgendwelche vorgeschriebenen Tanzschritte gab, so habe ich keine Ahnung, welche es waren, aber glücklicherweise schien das auch niemand von mir zu erwarten. Bald glitt ich in eine Art von glückseligem Dämmerzustand hinein, verursacht durch den Duft ihrer Haare und das weiche Gefühl ihres winzigen Körpers. Fast unbewußt glitten meine Hände über ihren Rükken, bis ich auf ihren kleinen Hintern traf. Ich erwartete, daß sie mich zurechtweisen würde, aber es geschah nichts. Statt dessen drückte sie ihren zarten Körper noch fester an meinen und rieb ihre Brüste im Takt der langsamen Musik an meinem Oberkörper.

Und jetzt passierte mir das Peinlichste, was man sich vorstellen kann. Ich bekam eine Erektion. Zwar bemühte ich mich, wieder ruhig zu werden, an etwas anderes zu denken – an Politik, Tennis, die Hungernden in Afrika, aber wie immer hatte das Ding seinen eigenen Kopf. Es wuchs beständig und drückte sich hart an Solanges Bauch. Was mußte sie von mir denken? Entweder daß ich meinen Körper nicht unter

Kontrolle hatte oder daß ich so zügellos war, daß ich jede Fremde für meine Erregung mißbrauchte.

Unfähig, das beharrliche Wachstum des verdammten Dings zu unterdrücken, murmelte ich etwas Unzulängliches und versuchte, mich zurückzuziehen. Aber Solange hielt mich fest und schien nicht geneigt, mich aus meiner peinlichen Lage zu erlösen. Sie mußte doch merken, was mit mir los war!

»Es tut mir leid«, murmelte ich verlegen.

»Ce ne fait rien«, erwiderte sie, wobei sie sich immer noch an mich drückte. Ich wand mich vor Verlegenheit, und vielleicht hielt sie das für Unbehagen oder sogar Leidenschaft. Rasch zog sie den Reißverschluß meiner Hose herunter und befreite das arrogante Ungeheuer.

»Ist es jetzt besser?« murmelte sie.

Jetzt, wo es sich nicht mehr gegen meine Hose stemmen mußte, stand das Biest aufrecht da, vor meinem Bauch und Solanges Brust. Weil sie so klein war, konnte mein Glied unter ihr Hemd schlüpfen und seinen geschwollenen Kopf zwischen ihren seidigen Brüsten reiben.

Sie blickte an sich hinunter und preßte ihre Brüste über meinem Soldaten zusammen. *»C'est formidable, ca.«*

Ich gab es auf, mich entschuldigen zu wollen, denn jetzt befand ich mich in einer Lage, die alle meine früheren Erfahrungen übertraf. Eine Fremde hatte einfach meinen Penis genommen und ihn zwischen ihre Brüste gesteckt. Ich konnte nicht mehr so tun, als wäre er nicht da, sie war sich seiner Existenz genauso bewußt wie ich. Meine Erregung wuchs immer mehr. Um uns herum wogte die Menschenmenge, während wir, zum Glück im Dunkeln, mitten im Raum standen. Ich spürte, wie ich einem gewaltigen Orgasmus entgegentrieb. Verzweifelt versuchte ich, ihn abzuwehren, aber gerade als ich dachte, es gelänge mir vielleicht, drückte Solange wieder ihre Brüste zusammen und streichelte sich über die Brustwarzen. Gnadenlos preßte sie ihren Körper an meinen im Takt der Musik.

Das Ende nahte. In letzter Minute riß ich noch ein Taschentuch aus meiner Tasche und legte es über den Kopf meines Glieds, damit Solanges Pyjamaoberteil nicht beschmutzt wurde. Ich unterdrückte ein Stöhnen, halb aus Lust, halb aus Verlegenheit. Und dann stand ich da, und aus meinem Bajonett schoß Sperma in ein untadelig weißes Seidentaschentuch.

Bis jetzt hatte ich noch keine Atemprobleme gehabt. Aber ich wußte, daß ich gleich einen Anfall bekommen würde. Ich mußte mich unbedingt hinsetzen, um wieder zu Atem zu kommen, konnte aber nicht. Mein Glied war immer noch zehnmal größer als normal, und wenn ich mich von Solange zurückzog, würde ich mich entblößen wie ein Exhibitionist im Park. Also preßte ich mich weiter an Solange, während mein Atem in der Kehle rasselte. Schließlich ließ der Anfall ebenso nach wie die Erektion, und Solange kam mir zu Hilfe. Sie verpackte den Übeltäter mit ein paar geübten Handgriffen wieder in meiner Hose und zog rasch den Reißverschluß hoch. Ich konnte nicht glauben, daß diejenigen, die neben uns standen, gar nichts von dem bemerkt haben sollten, was vor sich ging, aber ich schaute mich gar nicht erst um, sondern vergrub mein Gesicht in Solanges Haar.

»Sollen wir noch etwas trinken?«

Mit dieser harmlosen Frage machte Solange klar,

daß wir jetzt wieder auf der Erde angelangt waren. Sie behandelte mich wie einen zivilisierten Menschen und durchaus nicht wie einen Triebtäter. Ich murmelte eine Zustimmung und ging zur Bar. Dankbar bestellte ich mir eine kalte Limonade, während sie einen weiteren gekühlten Weißwein nahm.

Was auch immer geschehen war, schien vorbei zu sein. Solange fragte mich, ob sie sich wieder zu den heftig zappelnden Tänzern auf der Tanzfläche gesellen könnte. Als ich nickte, verschwand sie für immer aus meinem Leben. Kurz bevor sie endgültig in die Menge eintauchte, drehte sie sich noch einmal um und zwinkerte mir zu.

Passierte so etwas ständig auf Partys am Cap? Wenn das so war, würde ich mich in Zukunft öfter einladen lassen.

7

Am nächsten Morgen erwachte ich aus tiefem Schlaf. Ich lag in meinem Bett, starrte an die Decke und war ziemlich zufrieden mit mir. Ein versteckter, manuell herbeigeführter Orgasmus auf einer Tanzfläche mag sich ja nicht gerade wie eine sexuelle Glanzleistung anhören, aber für mich war es ein Meilenstein. Was, fragte ich mich, war der biologische oder medizinische Unterschied zwischen der Entladung gestern nacht und der wirklichen Sache? Nichts, antwortete ich mir selbst, abgesehen von dem verschmutzten Seidentaschentuch, das ich diskret würde verschwinden lassen müssen. Überhaupt nichts. Ich hatte es endlich getan. Ich hatte mein Ziel erreicht.

Das war eine Zeitlang eine angenehme Illusion, aber sie hielt der Wirklichkeit leider nicht stand. Selbst ich in meiner Unwissenheit mußte mir eingestehen, daß zwischen einem von außen herbeigeführten Orgasmus, mit welchen bizarren Mitteln auch immer, und dem bei einer wirklichen Vereinigung Welten lagen. Gestern abend hatte ich mich kaum körperlich anstrengen müssen. Ich war sexuell so überreizt gewesen durch die Reize und Frustrationen der letzten Wochen, daß ich wahrscheinlich auch einen Orgasmus bekommen hätte, wenn ich mit geschlossenen Augen stocksteif in einem leeren Zimmer gestanden wäre. Die kaum notwendige körperliche Stimulation war von Solange gekommen, nicht von mir. Wahrscheinlich erforderte die richtige Sache etwas mehr

Anstrengung vom Mann. Schon der Akt des Eindringens mußte anstrengend sein, nach allem, was ich wußte. Und wenn man erst einmal eingedrungen war, dann mußte man sich weiter bemühen, um der Frau Befriedigung zu verschaffen. Mit einer heißen, dicken Wurst, die sich, wie liebevoll auch immer, gegen die Brust preßte, konnte man sicher keine Trophäe im Wettbewerb um den Mann des Monats gewinnen.

Aber zumindest war es ein vielversprechender Anfang gewesen. Mit der teilnahmsvollen Hilfe eines geduldigen Engels könnte ich mich vielleicht langsam auf einen Triumph des Triebes über meine Lungen zubewegen. Natürlich dachte ich bei dem Engel an Michelle. Mein Verlangen nach ihr hatte sich in keiner Weise verringert, ich kam mir jedoch auch nicht so vor, als sei ich ihr untreu gewesen, da die Episode gestern abend lediglich oberflächlicher Natur gewesen war. Irgendwie glaubte ich, ich müsse ihr gegenüber aufrichtig sein, ganz gleich, welche Freiheiten sie sich herausnahm. Da ich sie abgewiesen hatte, wäre es schrecklich, wenn sie herausfände, daß ich meine Gunst anderen gewährte.

Bei diesem Gedanken verschwand mein Wohlgefühl. Michelle würde von der Episode gestern abend erfahren. Die anderen Tänzer mußten einfach gemerkt haben, was da vor sich ging. Und für die Partygänger des Caps war es völlig undenkbar, die Augen abzuwenden und nichts zu sagen, wenn etwas Ungewöhnliches geschah. Im Gegenteil, solche Ereignisse wurden eher Hauptgesprächsthemen in den Cafés. Michelle würde es nicht nur bestimmt erfahren, sie hatte es vielleicht sogar schon gehört, da sie länger auf der Party geblieben war als ich. Ganz gleich, welche

Version ihr zu Ohren kam, sie würde kaum ein Kompliment für mich sein. Ich stöhnte verzweifelt. Wie sollte ich ihr nur beim Frühstück gegenübertreten?

Der plötzliche heftige Wunsch, das Frühstück ausfallen zu lassen, weckte eine andere Idee in mir. Daran hätte ich schon früher denken sollen! Es war Sonntag, und sonntags morgens machte Dr. Dubois immer einen Spaziergang auf dem Promontoire. Ich blickte auf meine Uhr. Wenn ich mich beeilte, kam ich noch rechtzeitig dorthin. Ein zufälliges Treffen, ein Austausch von Höflichkeiten, und dann würden wir zusammen spazierengehen und sicher leicht ins Gespräch miteinander kommen. Da bei mir die Erinnerung von Haut auf Haut und heißem Atem in duftendem Haar noch frisch war, konnte ich vielleicht sogar den Mut aufbringen, ihn nach den Tatsachen des Lebens zu fragen, zumindest in bezug auf meinen Fall.

Ich zog mich rasch an und schlüpfte leise aus dem Haus. Der Porsche machte auch nicht viel Lärm, nur der Kies knirschte unangenehm unter den Reifen. Aber jetzt war es schon zu spät dazu, mich zu fragen, wohin ich fuhr. Ich kannte eine Seitenstraße, die mich fast Dreiviertel des Weges bis zum Gipfel des Promontoire brachte. Da Henri sicher zu Fuß vom Hafen aus hochgestiegen war, hatte ich dadurch einen Vorsprung. Außerdem war das letzte Viertel ziemlich steil, und medizinisch gesehen wollte ich so stabil wie möglich wirken für das, was ich fragen wollte.

Ich parkte den Wagen vor irgendeiner Einfahrt, da es nicht anders ging, ließ aber die Schlüssel stecken, damit sie das Auto wegfahren konnten, wenn es sein mußte. Dann kletterte ich vorsichtig, aber stetig bis zum nächsten Aussichtspunkt. Die Natur zeigte sich hier von ihrer besten Seite. Der Duft der Pinien erfüllte die Luft, Vögel zwitscherten, und es wimmelte von farbenprächtigen Schmetterlingen. Als ich höher kam, erweiterte sich der Ausblick auf den Hafen von Festigny mit seinen unzähligen Segelbooten und, im Westen, dem Dunstschleier über Nizza, mit dem fernen Flughafen, von dem aus alle zehn Minuten glänzende Silbervögel aufstiegen.

Ich will leben, sagte ich mir. Das alles ist viel zu schön, um es zurückzulassen. Besorgt lauschte ich auf meinen Atem. Es ging mir bestimmt schon besser. Ich war jetzt schon eine ganze Strecke bergauf gegangen, und ich atmete immer noch ruhig und gleichmäßig. Stolz sagte ich mir, daß ich wieder gesund werden würde. So ermutigt, erreichte ich den Gipfel und verspürte noch immer keine unangenehmen Begleiterscheinungen. Ich war äußerst zufrieden mit mir, bis ich merkte, daß in der Ferne der Doktor schon mit dem Abstieg nach Osten hinunter begann, und zwar in einem Tempo, bei dem ich nicht mithalten konnte. Wenn ich so laut ich konnte hinter ihm herrief, würde ich vielleicht seine Aufmerksamkeit erregen, aber dann konnte ich nicht mehr so tun, als hätten wir uns zufällig getroffen. Glücklicherweise waren die Götter mir hold. Zwei alte Damen, offenbar Bekannte aus der Gemeinde, kamen zufällig den Hügel herauf. Er lüpfte grüßend den Hut und blieb stehen, um mit ihnen zu plaudern. Das gab mir genug Zeit, und ich erreichte die Gruppe gerade, als er weitergehen wollte.

»Guten Morgen Dr. Dubois.«

»Oh, guten Morgen, Philip! Ich kann mich nicht erinnern, dich jemals zuvor hier oben gesehen zu haben.«

»Nein. Ich fühlte mich heute früh ungewöhnlich fit, deshalb habe ich versucht, ihren Rat zu befolgen und einen Spaziergang zu machen.«

»Bist du wirklich den ganzen Weg hier heraufgestiegen?« Er blickte mich besorgt und verwirrt an.

»Nein, ich habe nur Spaß gemacht. Ich bin ein Stück mit dem Auto gefahren.«

»Selbst dann ist es immer noch ein ganz schöner Marsch. Laß mich deinen Puls fühlen.«

Typisch! Er blieb immer Arzt, selbst an seinem freien Sonntag.

»Hmm. Ungefähr hundertzehn. Höher als meiner, aber immer noch überraschend gut. Hervorragend!«

Er sah allerdings nicht so erfreut aus, wie seine Worte klangen. Wieder einmal hatte ich den Eindruck, daß er etwas Schlimmes vor mir verbarg.

»Es ist ein glücklicher Zufall, daß ich Sie hier treffe. Ich wollte etwas mit Ihnen besprechen, wenn es Ihnen recht ist.«

»Natürlich. Worum geht es?«

Jetzt kam der schwierige Teil. Wie sollte ich das Gespräch auf Sex bringen? Ich sagte einfach das Erstbeste, was mir einfiel.

»Michelle und ich haben uns am Strand unterhalten ...«

»Fahren Sie fort. Worüber?«

Was war ich doch für ein kompletter Idiot! Warum um alles in der Welt hatte ich Michelle nur erwähnt? Wenn ich jetzt auf das Thema Sex zu sprechen kam, mußte er daraus ganz richtig ableiten, daß es mir um Michelle ging. Wie dumm kann ein Mensch eigentlich sein? Plötzlich fiel mir etwas ein, womit ich das Thema relativ unpersönlich halten konnte.

»Mir ist es in den letzten Monaten immer schlechter gegangen, und ich muß der Tatsache ins Auge sehen, daß ich vielleicht nur noch ein paar Monate zu leben habe.«

Schon wieder ein Fehler. Das hatte ich ursprünglich gar nicht sagen wollen. Außerdem paßte es nicht zu meiner Bemerkung, daß ich mich heute morgen viel besser gefühlt hatte. Warum benahm ich mich in Henris Gegenwart immer wie ein kompletter Idiot? Kein Wunder, daß er mich wie ein Kind behandelte!

»Das darfst du nicht sagen. Es bringt dich nicht weiter. Du mußt daran glauben, daß du wieder gesund wirst. Dieses neue Medikament wird dich zwar nicht über Nacht heilen, aber es gibt deinem Körper Gelegenheit, sich über einen längeren Zeitraum selbst zu regenerieren.«

»Ich weiß. Ich habe ja auch nicht die Hoffnung verloren, ich denke nur, ich sollte auf das Schlimmste vorbereitet sein. Oh ... es tut mir leid, ich bin bis jetzt noch nicht zu meinem eigentlichen Anliegen gekommen.«

»Nun, dann fahr fort.«

Ich holte tief Luft.

»Ich wollte gerne wissen, ob ich einmal Kinder haben kann.«

Da ich mich jetzt mitten in das Thema hineingestürzt hatte, verspürte ich nun das Bedürfnis, die Frage abzumildern.

»Ich meine, zum Beispiel durch künstliche Befruchtung. Vielleicht sogar nach meinem Tod, als so eine Art Versicherung.«

Warum improvisierte ich hier eigentlich? Warum hatte ich das Gespräch auf meinem Weg zu ihm nicht vorbereitet?

»Versicherung gegen was?«

»Gegen das Sterben. Ich möchte gerne wissen, ob ich einen Erben hinterlassen kann, und sei es nur um meines Vaters willen. Sonst stirbt unsere Linie aus.«

Das war völliger Blödsinn! Ich wollte über den Geschlechtsakt sprechen, und jetzt stammelte ich etwas von Genealogie daher! Beim Reden waren wir beständig den Felsweg hinuntergeschritten, doch jetzt blieb der Arzt abrupt stehen und sah mich konsterniert an.

»Meinst du das wirklich ernst? Das ist ein sehr morbides Thema. Warte mal, wir nehmen diesen Seitenweg hier. Es gibt da eine Stelle, von der aus man eine wundervolle Aussicht hat. Man nennt sie den Liebesabgrund. Du wirst gleich sehen, warum.«

Ich folgte ihm, und wir gelangten zu einer reizenden, grasbewachsenen Plattform, von der aus man einen ungehinderten Blick auf das Meer hatte. Die Aussicht war überwältigend. Ganz Festigny lag uns zu Füßen, und in den Hügeln konnte man deutlich unsere Villa sehen, sogar mein Schlafzimmerfenster.

»Ich verstehe, was Sie meinen. Das ist atemberaubend. Aber ich darf nicht zu nahe an den Abgrund treten. Mir wird leicht schwindlig, und ich könnte hinunterstürzen.«

Normalerweise leide ich nicht unter Schwindelgefühlen, aber die Plattform vor mir endete so abrupt, daß mir vor Angst die Beine schwach wurden. Ich lehnte mich an einen Felsen. Der Doktor blickte mich mit einem seltsamen Gesichtsausdruck an, als fürchtete er wirklich, ich könne hinunterstürzen, obwohl ich die Bemerkung eher aus Höflichkeit gemacht hatte.

»Laß uns noch einmal auf unser Gespräch zurückkommen. Ich weiß immer noch nicht genau, was du mich eigentlich fragen willst.«

Er machte es mir nicht gerade leicht.

»Nun, ich wollte wissen, ob ich Kinder haben kann. Wie wären die Auswirkungen?«

»Medizinisch gesehen fehlt dir nichts, was dein Sperma schädigen könnte. Und ob du Sperma für eine künstliche Befruchtung produzieren kannst – nun ja, ein Junge deines Alters sollte das schon wissen.«

Verdammt! Wie peinlich! Er war nicht darauf eingegangen, ob ich den Geschlechtsakt vollziehen konnte. Aber ich hatte natürlich auch den Fehler gemacht, die künstliche Befruchtung zu erwähnen. Wir schwiegen beide, während ich verzweifelt versuchte, die Frage neu zu formulieren. Schließlich sagte der Doktor langsam und bedächtig: »Wenn du etwas über die rechtlichen Implikationen, einen Erben zu haben, wissen willst, so entzieht sich das meiner Kenntnis. Ich weiß natürlich, daß du ein sehr reicher junger Mann bist, wenn du einundzwanzig wirst. Ob du aber dein Vermögen einem Kind hinterlassen könntest, das vielleicht nie zur Welt kommen wird, das ist ein Thema für einen Anwalt, nicht für einen Arzt.«

Schon wieder daneben! Ich fluchte im stillen und gab es auf. Es war sinnlos! Ich würde nie eine klare Antwort bekommen. Es war immer dasselbe. Er dachte so gründlich nach und redete so vorsichtig über alles, daß es für mich unmöglich war, einfach zu fragen: »Darf ich vögeln? Hält mein Herz das aus?«

Wir gingen weiter den Hügel hinunter und plauderten über belanglose Dinge. Ich dachte nicht mehr an mein Auto, und erst als der Doktor und ich uns trennten, fiel mir ein, wo ich es abgestellt hatte. Aber ich war zu deprimiert, um noch einmal den Hügel hinaufzusteigen, also nahm ich mir ein Taxi und ließ mich hinfahren. Der Porsche stand noch da, wo ich ihn abgestellt hatte. Die Schlüssel steckten im Zündschloß, und er war anscheinend nicht bewegt worden.

Auf dem Weg zur Villa war ich so beschäftigt mit meinem Versagen bei Henri, daß ich kaum bemerkte, daß ich hinter einem anderen Wagen herfuhr. Ich folgte ihm ein paar Minuten auf der Serpentinenstraße, bevor ich mich zu wundern begann, warum er so langsam fuhr, daß sogar ich abbremsen mußte. Es war ein offener weißer Golf GTI. Ein Mädchen fuhr ihn. Ich konnte nur ihren Hinterkopf und schwarze Haare sehen, die auf den ersten Blick zu Michelle hätten gehören können. Aber sie waren mehr blauschwarz und fielen weicher auf schmale, bloße Schultern.

Das Mädchen fuhr deshalb so langsam, weil es sich auf ein anderes Mädchen konzentrierte, das auf dem Beifahrersitz neben ihr saß. Sie redeten ernsthaft miteinander. Vielleicht stritten sie sogar. Die Fahrerin hatte ihr das Gesicht zugewendet, und ich konnte ihr feingezeichnetes, zartes Profil sehen. Sie war sehr schön. Von ihrer Beifahrerin sah ich lediglich eine Fülle goldenen Haares, das für ihren schlanken Hals zu schwer zu sein schien.

Sie stritten sich vermutlich wegen eines Jungen. Welche mochte er wohl zugunsten der anderen verlassen haben? Oder hatte ihn eine der beiden verführt? Wahrscheinlich hatte die schwarzhaarige Fahrerin der Blonden den Liebhaber weggenommen. So wie ich sie einschätzte, konnte sie jeden haben. Ich versuchte mir vorzustellen, wie es wohl war, das sanfte blonde Mädchen gegen diese sicherlich forderndere, erfahrenere Gefährtin einzutauschen.

Weil ich so fasziniert war, fuhr ich zu dicht auf. Das wäre bei unserer Geschwindigkeit nicht weiter schlimm gewesen, wenn sich die beiden Mädchen vor mir nicht plötzlich in den Kopf gesetzt hätten, mir zu beweisen, wie falsch ich mit meinen Schlußfolgerungen über sie lag. Sie küßten sich. Zuerst nur leicht, so wie zwei Schwestern. Dann begann die Beifahrerin auf einmal die Brüste der Fahrerin zu streicheln. Dieses Mal küßten sie sich lange und leidenschaftlich.

Der Golf driftete auf den Abgrund zu, wodurch die Fahrerin in Panik geriet und heftig bremste. Da ich immer noch verwirrt war von dem überraschenden Anblick, den ich eben genossen hatte, fuhr ich ihnen langsam und völlig undramatisch hinten drauf. Es gab ein leises, aber teures Geräusch von knirschendem Metall. Entsetzt über meine Dummheit schloß ich die Augen und legte verzweifelt den Kopf auf das Lenkrad.

Als ich wieder aufblickte, waren die beiden Mädchen ausgestiegen, standen nebeneinander vor dem Porsche und unterhielten sich. Berechtigter Ärger stieg in mir auf. Die beiden hatten Nerven, sich auf einer öffentlichen Straße so zu benehmen! Sie wollten doch sicher nicht behaupten, daß ich die Schuld hatte! Schwerfällig stieg ich ebenfalls aus dem Auto und pflanzte mich in meiner ganzen Größe vor ihnen auf. Es sah allerdings nicht so aus, als ob ihnen das auch nur im geringsten angst machte. Sie kicherten sogar. Mein Ärger wuchs.

Erheitert drehten sie sich zu mir um, als ich auf sie

zukam. Sie waren (ich hatte recht gehabt) beide unglaublich hübsch. Die schwarzhaarige Fahrerin hatte große, spöttische Augen von einem geheimnisvollen, rauchigen Grün, hohe, ausgeprägte Wangenknochen, eine niedliche kleine Nase und einen großen, gutgeformten Mund, der zum Küssen einlud.

Als sie sich zu mir umdrehte und ihre schönen Augen auf mich richtete, verlor ich den Verstand.

»Es tut mir schrecklich leid«, stotterte ich. »Es ist meine Schuld.«

Ihre Freundin ließ ein silberhelles Lachen hören.

»Ich glaube«, sagte sie, »ich habe mindestens genauso viel Schuld wie Sie.«

»Ihr Auto ist nicht besonders schlimm beschädigt«, sagte die Fahrerin leise. »Sie machen doch keinen Ärger, oder?«

Ich schätzte sie auf Mitte Zwanzig. Ihre Stimme war unglaublich sexy und ihr Mund äußerst erotisch. Als ich unbeabsichtigt ein wenig tiefer blickte, erhielten meine überreizten Sinne einen weiteren Schlag. Ihre linke Brust lag frei. Ihre Freundin hatte offenbar den Träger des Tops, das sie trug, heruntergeschoben.

»Nein, natürlich nicht«, stammelte ich und zwang mich, meine Augen wieder auf ihr Gesicht zu richten.

Sie blickte an sich herunter und entdeckte den Grund für meine Verwirrung.

»Oh, verzeihen Sie.«

Ohne besondere Eile richtete sie ihre Kleidung. Dann lächelte sie mich an.

»Können wir dann weiterfahren?«

»Ja.« Ich seufzte, weil ich mich nur ungern von ihnen trennte. »Eigentlich nicht. Wie wäre es, wenn wir uns heute abend treffen?«

Sie zog die Augenbrauen hoch.

»Haben Sie nicht gesehen ...? Kurz vorher?«

»Ja«, murmelte ich. »Ich habe es gesehen.«

»Na, dann ... Warum fragen Sie dann?«

»Sie sind so schön«, entgegnete ich lahm.

Sie streichelte mir über die Wange.

»Sie sehen selbst nicht schlecht aus. Aber ich glaube trotzdem nicht, daß es etwas bringen würde.«

Sie beugte sich vor und gab mir einen Kuß mitten auf den Mund. Ich stand da wie ein Idiot, während die zwei wieder in ihr Auto stiegen und, immer noch kichernd, davonfuhren. Ich ergab mich in den Verlust, stieg auch in mein Auto und fuhr zur Villa zurück. Aber meine Depressionen waren verschwunden wie Morgentau unter der heißen Sonne des Mittelmeers. Was für ein Engel! Und sie hatte gesagt, ich sähe gut aus! Statt verärgert über den Unfall zu sein, befand ich mich in einem Zustand, der fast an Euphorie grenzte. Wieder einmal war ich fest entschlossen, meine Krankheit zu überwinden, koste es, was es wolle! An einem einzigen Morgen hatte ich Festignys höchsten Hügel erklettert und war von einer göttlichen Fremden geküßt worden! Alles war möglich!

Ich kam gerade rechtzeitig zum Mittagessen in der Villa an. Jetzt würde ich Michelle gegenübertreten und versuchen müssen, herauszubekommen, was sie über mein Abenteuer in der vergangenen Nacht wußte.

Aber der Tisch war nur für zwei Personen gedeckt.

»Wo ist Michelle?« fragte ich Sarah.

»Zum Windsurfen, mit Pierre Leman. Ich habe ihr gesagt, dir würde es nichts ausmachen. Du bist beim Surfen sowieso nicht besonders gut.«

Das war eine Untertreibung. Natürlich war ich

nicht besonders gut im Windsurfen! Fiele ich ins Wasser, würde ich ertrinken!

»Komm und setz dich. Madame Prost hat ihr hervorragendes *lapin au moutard* gemacht. Dein Lieblingsessen. Ich habe gehört, du warst auf dem Promontoire?«

»Woher weißt du das?«

»Henri hat angerufen. Er war ganz beeindruckt davon, wie wohl du ausgesehen hast, und hat mich gebeten, dir etwas mehr von seinem letzten Medikament zu geben.«

»Iih! Es schmeckt eklig!«

»Das glaube ich. Aber wenn es dir hilft, ist es das doch wert, oder?«

Ich war hungrig und durstig nach meinem Ausflug, und das Kaninchen war köstlich. Entweder aß ich dann aber zuviel, oder ich trank zuviel von dem fruchtigen St. Emilion, der zum Essen gereicht wurde, denn nach dem Mittagessen fühlte ich mich auf einmal wieder äußerst unwohl. Mir war so schwach, daß ich mich kaum bewegen konnte. Ich taumelte auf mein Zimmer und legte mich mit Kleidern aufs Bett. Jeden Moment dachte ich, ich müsse mich übergeben, aber irgendwie gelang es mir doch, meinen Magen unter Kontrolle zu bekommen. Schließlich fiel ich in einen unruhigen Schlaf. Ich träumte nicht von nackter Haut, sondern davon, daß ich vom Felsplateau aus dem Meer entgegenstürzte und daß sich mein ganzer Körper ständig um die eigene Achse drehte. Schließlich erwachte ich mit einem Ruck. Schweißgebadet.

Ich mußte morgen unbedingt daran denken, den Porsche in die Werkstatt zu bringen.

8

Dieser Nachmittag leitete drei weitere elende Tage ein, die ich fast nur im Bett verbringen konnte. Es war mir einfach nicht möglich, die nötige Energie aufzubringen. Mein neuerwachter Optimismus, daß es mir bessergehen und ich die Kraft finden würde, mit Michelle zu schlafen, schwand nun vollständig. Ich verfluchte mich selbst als Dummkopf, weil ich den langen Marsch auf das Promontoire gewagt hatte. In Zukunft mußte ich jedes Gramm an Energie, das ich besaß, aufsparen.

Am zweiten Tag, einem Dienstag, eine Woche nach Michelles Ankunft, beschloß ich, zumindest eine Stunde lang aufzustehen. Ich ging auf unsicheren Beinen nach unten und sank schweratmend in einen Sessel. Dort saß ich und döste vor mich hin. Plötzlich hörte ich Stimmen. Aus dem Morgenzimmer drang ein heftiger Streit. Die Stimmen waren die von Sarah und Dr. Dubois. Ich war überrascht, daß der Doktor im Haus war, da er nicht nach oben gekommen war, um nach mir zu sehen.

»Er weiß es nicht«, sagte der Doktor. »Er ist unglücklich und verunsichert, aber er weiß es nicht mit Gewißheit.«

»Es klingt aber so, als ob er Verdacht geschöpft hätte.«

Ich war auf einmal vollkommen wach. Sie redeten schon wieder über mich! Ich wurde wütend. Warum diskutierten sie ständig hinter meinem Rücken? Immer behandelten sie mich wie ein Kind!

»Ich glaube, wir sollten es hinter uns bringen.« Das war Sarahs Stimme.

»Ich hatte oben, am Liebesabgrund, eine Chance, aber ich habe die Nerven verloren.«

»Es wäre aber sehr viel sicherer, als abzuwarten, bis er dahinterkommt. Es liegt an Michelles Anwesenheit. Seit sie da ist, ist er so unausgeglichen.«

»Ja, das war ein Fehler ...«

Mit diesen Worten gingen sie in den Garten hinaus, und ich konnte nicht mehr verstehen, was sie weiter sagten.

Ich dachte über das Gehörte nach und konnte wieder einmal daraus nur schließen, daß sie über den Geschlechtsakt geredet hatten. Warum sonst hätten sie Michelle erwähnen sollen? Und wie sie meinten, hatte ich den Verdacht, den Liebesakt nicht durchführen zu können, wußte es aber nicht mit Gewißheit. In der Tat düstere Neuigkeiten. Aber warum, um alles in der Welt, hatte Henri es mir oben am Liebesabgrund nicht gesagt? Warum war er nur so zurückhaltend? Wahrscheinlich fand er es trotz seiner weltläufigen Art genauso schwierig wie ich, das Thema zu diskutieren. Ich war nicht in der Lage gewesen, ihn direkt zu fragen. Und er konnte mir keine direkte Antwort geben. Aber alles wäre besser gewesen als diese Ungewißheit.

Am Mittwoch fühlte ich mich wieder so wohl, daß ich aufstehen konnte, hatte aber nicht die Kraft, um auszugehen. Also mußte sich Michelle wieder einmal anderswo Gesellschaft suchen, was allerdings für sie sicher kein Problem darstellte. Jaques' Party war jetzt schon so lange vorüber, daß sich die Frage nicht mehr stellte, was sie von meinem kleinen Vergnügen mitbekommen hatte. Auf jeden Fall waren meine Hoffnungen, mit ihr ins reine zu kommen, mittlerweile auf Null gesunken.

Ich lungerte im Haus herum, als das Telefon klingelte. Es war Pierre Leman, Michelles Begleiter beim Surfen.

»Ich gebe heute abend eine Party«, sagte er, »und ich wollte dich und Michelle einladen.«

Seine Partys waren berühmt, aber mich hatte er noch nie dazu eingeladen. Aber jetzt plötzlich, da Michelle die Attraktion war, bat er höflich um meine Anwesenheit. Noch vor einer Woche hätte ich ihm geantwortet, er solle es vergessen. Aber mittlerweile war meine Entschlußkraft geschwunden. Ich dachte an Jaques' Party. Vielleicht war das eine unter Tausenden von Partys gewesen, auf der ich Glück gehabt hatte. Aber vielleicht auch nicht. Vielleicht waren ja überall auf diesen Cap-Partys hinreißende Mädchen, die es mit dem Sex nicht so genau nahmen. Vielleicht hatte ich ja wieder Glück. Auf jeden Fall waren Pierres Feste an der ganzen Côte berühmt für ihre Exzesse. Vom letzten wurde berichtet, daß am Schluß ausnahmslos alle Gäste ohne einen Fetzen am Leib in den Swimmingpool gesprungen waren. Es wäre eine Schande, so etwas zu verpassen.

»Ja, wir kommen gerne. Das heißt, Michelle ist zwar im Augenblick nicht da, aber ich bin sicher, daß sie auch kommen möchte.«

»Très bien. Ich erwarte euch dann gegen neun, halb zehn.«

Michelle war wahrscheinlich mit Jaques unterwegs, da sie nicht mit Pierre zusammen war. Ich fragte mich, warum ich mich wie ein ausgemachter

Schwächling dazu hergab, sie zu diesen Partys zu begleiten, damit sie mit irgend jemand anderem losziehen konnte. Aber ihre Anwesenheit war meine Eintrittskarte.

Wie ich erwartet hatte, war Michelle entzückt von der Aussicht auf eine weitere Party, und wir fuhren abends mit dem immer noch nicht reparierten Porsche los. Sie trug eine ihrer aufsehenerregenden Neuerwerbungen, ein schlichtes schwarzes Kleid, vorne hochgeschlossen, jedoch mit einem Rückenausschnitt, der so tief war, daß man den Ansatz ihres Pos sehen konnte. Hersteller von Büstenhaltern konnten mit ihr bestimmt keinen Umsatz machen. Als ich mich anzog, ertappte ich mich dabei, daß ich überprüfte, ob sich meine Hose leicht öffnen ließ, ein Umstand, der mir noch vor einer Woche gar nicht in den Sinn gekommen wäre.

Pierres Haus, beziehungsweise das Haus seiner Eltern, lag etwas außerhalb von Festigny; wie unseres in den Hügeln, aber über der Straße nach Nizza. Seine Eltern übernachteten freundlicherweise bei Freunden. Schon vorgewarnt durch Pierres frühere Exzesse hatten sie offenbar arrangiert, daß von einem ungenannten Nachbar nachts um zwei die Polizei wegen Ruhestörung verständigt werden sollte. Pierre hatte seine Spione bei der Polizei, und als wir ankamen, warnte er uns, daß von zehn vor zwei bis zum Eintreffen der Polizei alle Lichter aus sein müßten und daß wir alle mäuschenstill sein sollten. Für mich hörte sich das so an wie eine Lizenz zu Ausschweifungen.

Anders als auf Jaques' Party gab es bei Pierre keine Liveband, nur Musik vom Band, und es gab auch keine Kellner, die Drinks herumreichten. Anwesend waren nur die Gäste, und offensichtlich beabsichtigte Pierre damit, daß alle sich ganz zwanglos wildem und undiszipliniertem Verhalten hingeben konnten. Als wir ankamen, tummelten sich bereits einige Nackte im Swimmingpool, und es schienen immer mehr zu werden.

Nach Mitternacht drehte Pierre den Plattenspieler ab und rief alle im Hauptraum zusammen. Er bat um Schweigen und erklärte dann, er kenne ein neues Spiel.

»Ich möchtet daß sich alle zu Paaren zusammenfinden, Junge mit Mädchen, und zwar ohne Ausnahme.«

Dabei legte er den Arm um seine jüngste Neuerwerbung, eine kräftige Dänin namens Ilsa, die ein gutes Stück größer war als er und eine tolle Figur hatte. Michelle hatte sich bereits an Jaques gedrängt, und ich kam zu spät, um sie mir zu greifen. Alle suchten sich einen Partner, und am Ende war ich der letzte, der allein dastand.

»Haben sich alle zusammengetan? Gut. Was ist mit dir, Philip? Immer noch allein? Mach dir nichts draus, du kannst Schiedsrichter spielen. Das wird dir Spaß machen. Wart's nur ab.«

Ich hätte mich am liebsten verdrückt, aber das Funkeln in Pierres Augen sagte mir, daß ich etwas verpassen würde, wenn ich das täte.

»Jungs und Mädels, wir werden einen brandneuen Trinkwettbewerb ausprobieren, den ich selbst erfunden habe, zusammen mit meiner lieben Freundin Ilsa. Die Männer müssen trinken, aber wie wir sehen werden, haben die Mädchen eine wichtige, um nicht zu sagen lebenswichtige Aufgabe bei dem Ganzen. Ich denke, es wird der Angelegenheit äußerst dienlich sein, wenn wir zu Anfang allen Damen ein großes Glas Scotch oder Wodka geben. Das nennt man, glaube ich, Mut machen.«

Die Mädchen kicherten nervös, gehorchten ihm aber, füllten ihre Gläser und kippten den Inhalt hinunter. Jetzt holte Pierre aus der Küche einen großen Blechkessel, so wie man ihn zum Marmeladeeinkochen verwendet. Er stellte ihn mitten im Zimmer auf den Tisch und rief mich zu sich.

»Du bist der Schiedsrichter, Philip. Zuerst mußt du diesen Kessel bis zum Rand mit Bier füllen. Ich habe vorsichtshalber einige Fässer gekauft.«

Ich tat, was er gesagt hatte, und in der Zwischenzeit holte er ein paar Bierkrüge und einen Meßbecher aus der Küche.

»Diese hübschen Gläser kommen aus England. Handlich und funktional. Ich habe sie von meiner letzten Reise mitgebracht. Die Engländer sind stolz darauf, diese Krüge im einem einzigen Zug leeren zu können. Habe ich recht, Philip?«

»Na ja, manche schaffen das«, murmelte ich.

»Wir wollen doch mal sehen, ob wir Franzosen es ihnen gleichtun können. Was ich vorschlage, ist neu, originell und ungewöhnlich, und es zeugt von einem erfreulich schlechten Geschmack.«

Er machte eine wirkungsvolle Pause.

»Es heißt ›Brust-Trinkwettbewerb‹.«

Verständnisloses Raunen ging durch den Raum.

»Ja, mes petits. Ihr habt mich richtig verstanden. Ein Brust-Trinkwettbewerb. Jeder Mann muß die Menge an Bier trinken, die der Brustfülle seiner Partnerin entspricht. Abgesehen von dem Vergnügen hat dies zwei wichtige Funktionen für uns. Zunächst einmal werden wir eine Art Reihenfolge der anwesenden Damen bestimmen – ihre Körbchengröße. Für uns zählt nicht der einfache und bedeutungslose Brustumfang, den man mit einem leblosen Bandmaß messen kann. Statt dessen geht es um die Masse, den wahren Beweis für Weichheit, Größe und allgemeine Form eurer Lieblingsspielzeuge. Nach diesem historischen Abend können wir hoffen, daß die Ausscheidung zur Wahl der Miß World unserem denkwürdigen Beispiel folgt und die lebenswichtigen Maße nächstes Jahr in Kubikzentimetern ausgedrückt werden.«

Er schwieg, während die Männer im Publikum applaudierten und pfiffen.

»Meine Assistentin Ilsa wird euch allen zeigen, wie es geht. Vielleicht können wir sie mit geeigneter Musik unterstützen.«

Auf dieses Stichwort hin stellte einer seiner Freunde den Kassettenrecorder wieder an, und die Musik von ›The Stripper‹ erfüllte den Raum. Ilsa genoß die Situation und zog langsam ihr Kleid aus, wobei sich herausstellte, daß sie darunter lediglich einen roten Tanga trug, der ihren Pobacken Freiheit gewährte. Sie trat zum Tisch und tauchte ihre beachtlichen Brüste in den Kessel mit dem Bier. Pierre hatte einen Schlauch in den Kessel gelegt, der auf der anderen Seite zu einem der Bierkrüge führte. Der Krug füllte sich, als die Flüssigkeit verdrängt wurde und überschwappte.

»Jetzt, meine Täubchen, seid ihr Zeugen des archimedischen Prinzips, das nun endlich einen praktischen Nutzen erfährt, nachdem es zweitausend Jahre lang lediglich in der Wildnis der abstrakten Wissenschaft dahinvegetiert hat. Philip, deine Aufgabe ist es, zu kontrollieren, daß die jungen Damen ihre Aufgabe sorgfältig erfüllen, damit nichts von dem goldenen Nektar vergeudet wird.«

Ich tat, was er sagte, und ersetzte den Bierkrug, kurz bevor er voll wurde, durch einen leeren.

»Es ist auch äußerst wichtig, Philip, daß unsere weniger gut ausgestatteten Verführerinnen nicht versuchen zu betrügen, indem sie andere Teile ihrer Anatomie in die Flüssigkeit tauchen. Ich schlage vor, daß du den Vorgang kontrollierst, indem du deine Hände an beide Seiten direkt hinter die Brüste legst. Dann kannst du die junge Dame so weit herunterdirigieren, wie du es für richtig hältst.«

Ich sollte also Teil des Kabarettprogramms sein. Meine Nervosität würde den Witz in Pierres Augen sicher noch besser machen. Trotzdem war ich fest entschlossen, mich jetzt nicht mehr zurückzuziehen. Also trat ich hinter Ilsa und legte meine Hände an die Stelle, die er bezeichnet hatte. Das heißt, ich versuchte es zumindest. Meine Hände zitterten unkontrolliert, und ich konnte lediglich einen tölpelhaften Versuch machen, Ilsa festzuhalten. Schließlich umfaßte ich ihre Brüste ganz. In gespieltem Ärger verdrehte sie die Augen zum Publikum, dann blickte sie mich über die Schulter an und schüttelte mißbilligend den Kopf.

Verlegen senkte ich den Blick, der jetzt allerdings sofort auf ihren nackten, sonnengebräunten Hintern fiel. Sexuelle Erregung durchfuhr mich, und zu meinem Entsetzen spürte ich, wie einer meiner Anfälle von Atemnot sich aufbaute. Er kam aus dem Nichts und machte sich zuerst als leichte Atemlosigkeit bemerkbar, dann durch Pfeifen und Keuchen, bis mein Brustkorb sich schwer hob und senkte, meine Augen tränten und mein Gesicht dunkelrot wurde.

Natürlich war das Publikum begeistert. Die meisten Männer ahmten mein schweres Atmen nach, wobei sie den Geräuschen eine eindeutig sexuelle Note gaben. Die Mädchen schrien vor Lachen. Und ich dachte die ganze Zeit, ich müsse jetzt sterben. Hilflos sank ich in einen Sessel und wartete darauf, das Bewußtsein zu verlieren. Die Umstände meines Todes würden die ganze Côte zum Lachen bringen, jahrelang noch würden sie der Grundstock für Tausende von Witzen sein.

Aber ich starb nicht. Schließlich gelang es mir, meinen Atem wieder unter Kontrolle zu bringen, und mit einer übermenschlichen Anstrengung schenkte ich allen ein schwaches Lächeln. Sie klatschten Beifall, feuerten mich an, und ich fand die Kraft, meine Aufgabe zu Ende zu führen. Das Verdrängungsvermögen von Ilsas Brüsten füllte zwei Literkrüge und noch ein wenig in den Meßbecher. Pierre schrieb ihren Namen auf eine Tafel und setzte das Volumen dahinter.

»Darf ich um Aufmerksamkeit bitten? Jetzt wird es ernst. Ruhe, oder vielleicht ein respektvoller Trommelwirbel. In diesem hervorragenden Wettbewerb soll festgestellt werden, ob der Begleiter der jeweiligen jungen Dame Manns genug ist für das Mädchen, das er sich ausgesucht hat. Er muß das Bier, das wegen ihr überläuft, in einem Zug austrinken, wie es die Engländer tun. Schafft er das nicht, dann muß er sich einer Strafe unterziehen, die ich zu gegebenem Zeitpunkt noch bekanntgebe. Und wenn er ein Gentleman ist, übergibt er morgen die fragliche Dame jemandem, der ihrem Volumen mehr entspricht.«

Mit diesen Worten trank er feierlich die zwei Bierkrüge aus, einen nach dem anderen. Nebst der kleinen

Menge in dem dritten Gefäß. Die Menge klatschte enthusiastisch. Ich war sicher, daß er vorher ein bißchen geübt hatte. Die übrigen Mitstreiter würden schon herausfinden, daß es schwerer war, als es aussah. In der Zwischenzeit füllte ich den Kessel wieder mit Bier auf, wobei ich geistesabwesend zusah, wie ein paar Tropfen der goldenen Flüssigkeit von Ilsas Brustwarzen tröpfelten.

»Und nun bitte die beiden nächsten Teilnehmer. Georges und Camille, glaube ich.«

Gelächter brandete auf. Camille war ein außergewöhnliches Mädchen, sexy und lebhaft, aber mit einer Brust, die so flach war wie bei einem Jungen.

»Ich weiß nicht, ob ich das schaffen werde.« Georges schüttelte nachdenklich den Kopf. »Schwerer Wettbewerb, den du dir da ausgedacht hast, Pierre.«

Camille benahm sich klugerweise ganz anders als Ilsa. Sie spielte absichtlich die Kokette und bedeckte bis zum allerletzten Moment ihre Brustwarzen mit den Händen. Und dann übertrieb sie noch ihr mangelndes Volumen dadurch, daß sie die kleinstmögliche Menge an Bier verdrängte. Ich maß dreizehn Zentiliter ab. Georges verzog das Gesicht und tat so, als habe er größte Schwierigkeiten, das Glas zu leeren.

»Wow! Ich hab's geschafft! Camille, ich glaube, du mußt mich zu meinem Platz zurückbegleiten.«

Und so ging es weiter. Entweder lag es an Pierres Persönlichkeit, oder die Angst, zickig zu erscheinen, war so groß, daß kein einziges Mädchen es ablehnte mitzumachen. Der erste, der versagte, war Gunther Reich, ein vermögender junger deutscher Geschäftsmann, dessen Freundin Liv aus Schweden kam. Sie war nicht übermäßig ausgestattet – sie füllte etwas weniger als zwei Krüge –, aber er kam mit dem Trinken in einem Zug nicht zurecht. Auf halbem Weg bekam er einen Hustenanfall, und das meiste Bier landete auf dem Fußboden.

»Strafe, Strafe!« schrie die Menge, als ich entschied, daß er nicht bestanden hatte.

Pierre grinste. Er hielt sich noch ganz gut, aber die Krüge mit Lagerbier zeigten doch schon Wirkung. Er stierte vor sich hin, und seine Aussprache war etwas verwaschen.

»Gunther, du blöder Ochse, du hast es versiebt. Du bist der reizenden Dame an deinem Arm nicht würdig. Es tut mir leid, aber wir müssen deine Hoffnung auf einen Fick heute nacht zerstören. Hier ist deine völlig angemessene Strafe. Binde dir das hier um und schwöre einen feierlichen Schwur, daß du es vierundzwanzig Stunden lang tragen wirst.«

Er reichte Gunther ein farbiges Gummiband, an dem ein Glöckchen hing. Gunther streifte es sich über den Daumen.

»Nein, du Blödmann! Dafür ist es nicht gedacht. Denk mal nach, Mann, wohin paßt es sonst noch?«

»Muß ich wirklich?« fragte Gunther jämmerlich.

»Leider ja. Regeln des Hauses. Alles, was ich sage, gilt.«

Zögernd zog Gunther den Reißverschluß seiner Hose herunter, fummelte eine Weile herum und nickte dann.

»Ist in Ordnung.«

»Gut. Und jetzt mußt du schwören. Sprich mir nach: Ich, Gunther Reich, der vollkommen Unfähige ...«

Eifrig wiederholte Gunther seine Worte.

»... konnte leider nicht soviel Bier trinken und bei mir behalten, wie es dem Brustvolumen meiner Freundin Liv entspricht, und so schwöre ich feierlich, daß ich die zur Verfügung gestellte Keuschheitshilfe zumindest vierundzwanzig Stunden lang tragen werde. Ich gestehe bedauernd ein, daß der einzig ehrenhafte Weg, der mir jetzt offensteht, der ist, mich dem völligen Zölibat zu ergeben und ins Kloster zu gehen.«

Pierre nickte, und Gunther beendete unter johlendem Gelächter seinen Schwur.

»Die Zwänge, die mit dieser Strafe verbunden sind, machen nicht nur den Geschlechtsakt unangenehm, sie machen auch Vorbeikommende aufmerksam, falls der Träger der Versuchung anheimfällt. Wenn jemand von euch diese Glocke kräftig läuten hören sollte, zum Beispiel in einem der Schlafzimmer im oberen Stockwerk, so ist es seine Pflicht, in den Raum zu stürmen und so laut er kann zu rufen: ›Ich weiß, was du da tust.‹«

Nach und nach arbeiteten wir uns durch die ganze Gästeliste, insgesamt dreizehn Paare. Michelles göttliche Brüste brachten nur etwas mehr als einen Literkrug ein, wodurch sie ungerechtfertigt unter die nicht besonders Erwähnenswerten fiel. Ein Mädchen, eine Australierin namens Shirlene, führte das Feld mit über drei Krügen an. Ihr Freund versagte so jämmerlich beim Trinken, daß Pierre darauf bestand, daß er sich zwei Glöckchen umhängte.

Ich füllte weiter den Kessel, und gegen Ende des Wettbewerbs fiel mir ein, daß das Bier, das noch übrig war, die Brüste von allen Mädchen umspült hatte. Das war ein sexy Gedanke, und ich hätte zu gerne etwas davon probiert, nur um festzustellen, ob es einen erotischen Geschmack hatte. Mein Wunsch sollte erfüllt werden. Ich dachte, Pierre hätte mich vergessen, aber da irrte ich mich.

»Liebe Freunde, unser kleines Spiel ist vorüber – nun ja, fast jedenfalls. Ich finde es nämlich sehr traurig, daß der arme Philip hier der einzige ohne Partnerin sein soll. Er hat so hart für uns gearbeitet, und seine sensiblen Hände dafür eingesetzt, daß alles gerecht vor sich ging. Nun, er hat keinen Anlaß zur Verzweiflung. Mit sehr viel Glück konnten Ilsa und ich in kürzester Zeit für Philip eine geeignete Partnerin finden, ein reizendes Mädchen, das eingewilligt hat, für Ausgleich zu sorgen. Könnten wir vielleicht die passende Musik haben?«

Vom Plattenspieler ertönte ein klagendes Saxophonstück, und aus einem der hinteren Zimmer tauchte auf einmal ein Mädchen auf, das dort offenbar die ganze Zeit auf ihr Stichwort gewartet hatte. Sie besaß die größten Brüste, die ich jemals gesehen hatte. Sie waren wie Zwillingszeppeline kurz vor dem Aufsteigen, gigantisch, monströs, majestätisch. Dabei war sie nicht dick, sondern in jeder anderen Hinsicht völlig normal. Ihre Kleidung war unspektakulär, eher etwas langweilig. Sie trug Jeans, hochhackige Schuhe und ein T-Shirt. Aber unter dem T-Shirt war sie außergewöhnlich. Es war einfach kolossal.

Der Lärm wurde ohrenbetäubend. Jubelrufe, Pfiffe, Fußstampfen, Fäuste, die auf den Tisch hämmerten, eine Kakophonie der Zustimmung. Und trotz der aufsehenerregenden Erscheinung des Mädchens war mein Gesicht der Clou des Abends. Mein Mund stand offen, mein ganzes Gesicht war eine einzige Maske der Ungläubigkeit. Eine Mischung aus Erstaunen, Faszination, Lust und Horror zeichnete sich so deutlich ab, daß alle es sehen konnten. Die Menge an Bier, die diese Amazone abfüllen würde, war schon komisch genug, aber daß ich das alles trinken sollte, machte den Witz erst komplett.

»Philip, ich möchte dir Brigitte vorstellen. Brigitte hat freundlicherweise zugestimmt, dein Blind Date für heute abend zu sein. Ich glaube, ihr zwei solltet euch jetzt umarmen, vorausgesetzt, du kannst ihr nahe genug kommen.«

Brigitte schlang mir die Arme um den Hals und umarmte mich leidenschaftlich.

»Ach, komm schon, Philip, das kannst du besser. Drück sie richtig an dich. Laß dich doch wenigstens einmal gehen.«

Wieder umschlang sie mich, und dieses Mal erwiderte ich ihre Umarmung und drückte ihren Körper fest an meinen. Es war so, als würde ich in ein weiches Federbett sinken. Da ich mich an meinen Erfolg bei Solange erinnerte, umfaßte ich ihre Pobacken und knetete sie sanft. Zustimmendes Gejohle. Aber Brigitte schob meine Hände ein Stück höher, wahrscheinlich nicht, weil sie etwas gegen mein Tun einzuwenden hatte, sondern weil sie so die Aufmerksamkeit auf mein ungezogenes Benehmen richtete.

»Genug, genug. Keine Knutscherei, das ist eine Familiensendung. Brigitte, ich glaube, jetzt solltest du uns alle in Erstaunen versetzen und uns mit deinen Maßen bekanntmachen.«

Obwohl ich im Mittelpunkt stand und wußte, daß mehr als zwanzig Personen mir zusahen, konnte ich meine Augen nicht von ihr abwenden. Mit vorgetäuschtem Zögern zog sie langsam ihr T-Shirt aus. Ein riesiger schwarzer BH barg ihre Schätze. Pierre feuerte sie an, und sie zog auch ihn aus. Dann stand sie in voller Pracht da. Alles war echt und paßte in den Proportionen gut zueinander. Ihre riesigen braunen Aureolen maßen mindestens zwölf Zentimeter im Durchmesser und wurden gekrönt durch Brustwarzen, die mindestens zwei Zentimeter vorstanden, wie dicke Zigarrenstumpen. Ich war fasziniert.

»Nun, da sind sie. Vielleicht ein wenig zu klein für Philip, aber deswegen doch nicht weniger beeindrukkend. Philip, wir warten darauf, daß du ihnen Ehre erweist.«

Ich füllte den Kessel ein letztes Mal. Und hielt es für unwahrscheinlich, daß er groß genug war.

»Es sieht so aus, als könnte es schwierig werden. Ich werde die Bierkrüge halten. Sie wird Hilfe brauchen, um ihre Ungeheuer in den Kessel zu tauchen, denke ich.«

Mit meinen Händen dirigierte ich Brigittes Brüste regelrecht hinein. Es war ein äußerst angenehmes Gefühl. Das Bier lief nach allen Seiten über, aber selbst unter diesen Umständen gelang es Pierre, die beachtliche Anzahl von sieben Krügen zu füllen. Als Brigitte sich wieder aufrichtete, verlor ich auch noch den Rest meiner Selbstbeherrschung, beugte mich vor und leckte die letzten Tropfen des Nektars von ihren Brustwarzen. Ich hatte recht gehabt. Das Bier hatte einen intensiven erotischen Geschmack, was vermutlich am Schweiß von vierzehn Paar Brüsten lag. Die Menge johlte zustimmend, und mir ging durch den Kopf, daß man mich von nun an bis zum Ende der Saison wahrscheinlich auf jede Party einladen würde.

Wie die Regeln es vorschrieben, setzte ich den ersten Bierkrug an, aber Pierre wies mich an, es sein zu lassen.

»Genug der Frivolitäten, meine Lieben. Als absoluter Schiedsrichter der Regeln dieses Spiels befreie ich Philip davon, das ganze Bier zu trinken, obwohl es sicher eine aufregende Erfahrung wäre. Statt dessen bitte ich euch um Applaus für einen jungen Mann, der sich als äußerst fair erwiesen hat, obwohl wir ihm übel mitgespielt haben. Ich denke, ihr solltet auch Brigitte in euren Beifall mit einbeziehen. Sie ist extra aus Marseille gekommen, um heute abend bei uns zu sein.«

Das Publikum klatschte lange und begeistert Beifall, und obwohl ich im wesentlichen immer noch als Witzfigur beklatscht wurde, fühlte ich mich seltsam gerührt. Endlich wurde ich voll und ganz akzeptiert, und trotz der lächerlichen Situation war aus den Beifallsrufen nichts Boshaftes herauszuhören.

Pierre bat wieder um Schweigen.

»Die Zeit ist schneller vergangen, als ich dachte. Es ist jetzt fast fünf vor zwei. Könnt ihr bitte rasch alle Lichter ausschalten, bevor die Polizei kommt, und euch bitte leise im ganzen Haus verteilen, um zu tun, wozu ihr Lust habt? Es darf jedoch nicht gekichert oder gelacht werden, und sollte eines der Glöckchen anfangen zu läuten, dann hat jeder das Recht, den Missetäter mit einem Eimer kalten Wassers abzukühlen. Falls Philip wieder anfängt, so schwer zu atmen, dann drückt ihm einfach ein Kissen aufs Gesicht, bis er aufhört.«

In weniger als ein paar Minuten war das ganze Haus dunkel. Zu meiner Überraschung entdeckte ich, daß Brigitte meine Hand hielt. Sie zog mich zur Küche, und als ich ihr folgte, merkte ich, daß ich heftig zitterte. Sie hatte ihren BH und ihr T-Shirt nicht wieder angezogen und führte mich in eine Vorratskammer, auf deren Regalen offensichtlich Unmengen von Marmeladengläsern, Dosen mit Kaffee oder Baked Beans und Pakete mit Nudeln standen. Einen Teil davon räumten wir auf dem untersten Regalbrett zur Seite, um uns setzen zu können. Ich zitterte noch immer, und mein Atem kam keuchend und stoßweise. Es klang, als hätte ich schreckliche Angst, was auf gewisse Weise auch stimmte. Sie tätschelte mir den Kopf und drückte ihn beruhigend an ihre Schulter. Von dort war es nur eine kurze Reise, bis er schließlich auf ihrer weichen Brust landete. Mir fiel ein, wie ich nach dem Erlebnis mit dem weißen Hengst den Kopf in meinem Kissen vergraben und mir gewünscht hatte, es sei die Haut einer Frau. Nun, jetzt saß eine Frau neben mir, nur knapp eine Woche später. Ich tauchte ein in einen wahren Ozean beruhigender, duftender Weichheit. Wie ein Säugling suchte ich mit meiner Zunge und meinen Lippen in der Dunkelheit so lange, bis ich auf eine feste Brustwarze stieß. Ich dachte daran, was alles in dieser Woche geschehen war, dachte an meine Hoffnungen, Enttäuschungen und Peinlichkeiten, und dann begann ich wie ein Idiot zu weinen. Ich konnte nichts dagegen tun. Ich war nicht unglücklich, im Gegenteil, ich war einfach nur emotional überreizt und konnte meine Gefühle nicht länger zurückhalten.

»Na, na«, seufzte Brigitte und drückte meinen Kopf fester auf ihre Brust. »Laß es einfach heraus. So schlimm kann es doch nicht sein.«

Langsam zog sie den Reißverschluß meiner Hose

auf und fuhr mit der Hand hinein, um meinen Schwanz zu reiben. Immer noch erschütterte heftiges Schluchzen meinen Körper, doch schließlich drängte sich rauhes Stöhnen durch meine Kehle und wurde immer heftiger, bis ein letzter Laut schließlich meine Befriedigung verkündete.

»Schon gut«, sagte Brigitte. »Schon gut.«

9

Ich fuhr in dieser Nacht nicht mehr nach Hause, sondern übernachtete bei Pierre auf einem Sofa, wenn auch leider nicht mit Brigitte. Zuvor hatte ich gebettelt und sie angefleht, aber sie hatte darauf bestanden, zu ihren Freunden, bei denen sie wohnte, zurückzufahren. Ich konnte ihr noch das Versprechen entlocken, daß wir uns am nächsten Morgen im Yachtclub treffen würden.

Im kalten Licht des Morgens sahen die magischen Geschehnisse der letzten Nacht allerdings irgendwie anders aus. Ich lag auf dem Sofa, mein Nacken schmerzte, und ich dachte darüber nach, daß ich wirklich einen Idioten aus mir gemacht hatte. Ich bedauerte es nicht, zu der Party gegangen zu sein, aber mir war klar, daß ich lange brauchen würde, um das Erlebte zu verarbeiten. Und doch, das war eben der Preis dafür, daß ich akzeptiert wurde. Am meisten bedauerte ich, wie ich mich Brigitte gegenüber benommen hatte. Ich hatte sie einfach als Mutterfigur benutzt und an ihren Brüsten gesaugt, als sei ich ein Baby.

Na ja, aber es war immerhin eine denkwürdige Nacht gewesen. Als die Gäste gingen, hatten sie geschworen, an der besten Party teilgenommen zu haben, auf der sie je gewesen waren, und das sagten sie nicht nur Pierre zuliebe. Die Polizei war aufgetaucht, verwirrt zehn Minuten lang herumgelaufen und dann wieder weggefahren. In der Nacht hatte das großen Jubel hervorgerufen, aber später war es um so schlimmer auf Pierre zurückgefallen. Er wollte die Polizei hereinlegen, indem er vortäuschte, daß die Party vorüber war und daß jeder nach Hause gegangen sei, aber er hatte vergessen, daß ja draußen auf der Straße jede Menge Autos standen. Offensichtlich war also die Party noch in vollem Gange, obwohl das Haus völlig dunkel war. Die Polizei hatte keinen Grund, an der Haustür zu läuten, da kein Lärm zu hören war, also fuhren sie wieder weg. Aber der Sergeant erstattete Pierres Eltern Bericht, und sie waren außer sich vor Wut. Was, so fragten sie, taten all diese jungen Leute morgens um zwei Uhr in einem dunklen Haus? Dabei kam ihnen nur eins in den Sinn, und dafür hatten sie Pierre das Haus nicht überlassen.

Aber in der Nacht war es uns allen außergewöhnlich erfolgreich vorgekommen. Obwohl ich die meiste Zeit in einem leichten Schockzustand verbracht hatte, durchfuhr mich an einem Punkt doch plötzlich eine Einsicht. Ich blickte zufällig zu Michelle hinüber und sah, daß sie mich mit einen seltsamen, spöttischen Lächeln anblickte. In diesem Moment war ich überzeugt, daß das Ganze nicht nur Pierres Idee gewesen war. Auch Michelle hatte ihre Finger im Spiel. Mir war auch intuitiv klar, wo sie am Nachmittag gewesen war. Sie hatte bestimmt neben Pierre gestanden, als er angerufen und mich gefragt hatte, ob Michelle und ich zu seiner Party kommen würden. Ich war deswegen nicht wütend auf sie, schließlich waren die Witze auf meine Kosten nicht böse gemeint gewesen. Zwar hatte ich an dem Abend unzählige peinliche Situationen überstehen müssen, hatte mich aber auch blendend amüsiert. Endlich gehörte ich zu der Clique. Es war ein tolles Gefühl.

Ich blickte auf die Uhr und sprang auf. Es war schon kurz vor elf, und um elf hatte ich mich mit Brigitte im Yachtclub verabredet. Nach meiner dummen Heulerei kam ich mir ein bißchen albern vor, wenn ich sie jetzt stocknüchtern wiedersah. Aber sie war ein faszinierendes Mädchen, und die Vorstellung, mit ihr an den Strand zu gehen, hatte einen besonderen Reiz. Wir würden alle Blicke auf uns ziehen, und man würde mich bestimmt beneiden. Aber damit konnte ich schon umgehen.

Ich hatte gerade noch Zeit, den Porsche in die Werkstatt zu fahren, damit sie die Beule reparierten. Armand, der Besitzer, lieh mir einen gelben VW-Käfer, und pünktlich um elf war ich am Club. Es war kaum jemand da, und auch von Brigitte war nichts zu sehen, aber es war eben das Vorrecht von Frauen, zu spät zu kommen. Ich setzte mich, bestellte mir ein Bier und betrachtete mich im Spiegel. Ich sah gut aus und fühlte mich auch großartig. Komisch. Eine trunkene, emotionale Nacht, und ich saß hier und fühlte mich toll. Ich hatte noch nicht mal Kopfschmerzen. Aber ich hatte auch geschlafen wie ein Stein und nicht so unruhig wie sonst. Vielleicht lag es ja daran.

Liv, Gunthers schwedische Freundin, kam herein, blickte sich um und steuerte dann direkt auf mich zu.

»Guten Morgen, Philip. Gibst du mir einen aus?«

»Klar, Liv. Was möchtest du?«

»Ein Bier, glaube ich. Ich bin heute früh seltsam durstig.«

Ich bestellte ihr ein Lager und auch für mich noch eins. Es stimmt wohl, daß Trinken durstig macht.

»Ich habe leider eine Nachricht von Brigitte für dich.«

Ich verzog enttäuscht das Gesicht. Eigentlich hatte ich große Hoffnungen in das Treffen gesetzt, und jetzt kam sie nicht.

»Mach nicht so ein trauriges Gesicht. Sie dankt dir für den tollen Abend, aber sie mußte nach Marseille zurückfahren.«

»Heute schon? Ich habe gedacht, sie bleibt wenigstens ein paar Tage.«

»Nein, sie hat gesagt, sie muß zu einer Vorführung.«

»Eine Vorführung? Warum das denn? Ist sie Sängerin?«

»Nein, du Dummer. Sie ist Tänzerin.«

O Gott, wie blöd ich doch war. Natürlich war sie Tänzerin, aber keine Ballettkompanie würde sie je engagieren. Offenbar war sie Stripperin. Warum hatte ich so lange gebraucht, um das herauszufinden? Pierre hatte sie bestimmt dafür bezahlt, daß sie gestern Abend gekommen war, und wahrscheinlich hatten das auch alle gewußt. Nur ich hatte gedacht, sie sei als Gast der Party aufgetaucht. Diese Erkenntnis veränderte mein Bild von ihr abrupt, und ich war nicht mehr so unglücklich darüber, daß sie nicht kam. Daß sie ein leichtes Mädchen war, machte sie als Strandbegleitung nicht mehr so attraktiv. Aber dann hätte sie mich doch andererseits letzte Nacht bestimmt rangelassen? Pierre hatte ihr ja sicher den Preis für vollen Geschlechtsverkehr gezahlt, aber dann hatten meine Emotionen es ihr ermöglicht, die Sache schnell mit der Hand zu erledigen.

Eines war jedoch seltsam. Wenn sie nur wegen des Geldes dagewesen war, und wenn sie wußte, daß sie heute einen Termin hatte, warum hatte sie sich dann mit mir verabredet? Die Antwort erfuhr ich aus Livs nächster Bemerkung.

»Mach dir nichts draus. Du brauchst nicht traurig zu sein. Du kannst statt dessen mit mir vorliebnehmen.«

Ein Schauer der Erregung durchfuhr mich. Ich war manipuliert worden! Brigitte hatte sich mit mir verabredet, damit jemand anderer die Verabredung wahrnehmen konnte. Es konnte Zufall sein, daß Liv die Freundin des ersten Mannes war, der beim Trinkwettbewerb versagt hatte, aber es konnte auch Absicht sein. Leiste Philip Gesellschaft. Der Witz war noch nicht vorüber. Ich fragte mich, was sie sonst noch alles für mich auf Lager hatten.

»Wo ist Gunther denn heute?«

»Er mußte ins Büro nach Nizza. Gelegentlich arbeitet er auch, weißt du.«

Ich blickte sie an und fragte mich, ob das eine Anspielung sein sollte. Aber sie hatte lediglich eine Tatsache geäußert.

»Okay. Hast du irgendwas vor? Sollen wir zum Strand gehen?«

»Nein. Ich darf leider ein paar Tage nicht in die Sonne. Mein Rücken ist ganz rot und wund. Ich bin erst Anfang der Woche hierhergekommen, und in Schweden konnte ich mich nicht darauf vorbereiten, wie stark hier die Sonne ist.«

»Ja. Ich habe es heute nacht gesehen.«

Ich sagte das, ohne nachzudenken, und wurde sofort rot. Gestern nacht hatte ich Livs Körper so wie die vielen anderen ganz nah vor Augen gehabt. Aber das machte ihr offenbar nichts aus.

»Ich würde gerne in die Sauna gehen.«

Meine Augen blitzten plötzlich interessiert auf.

»Nein, nein. Ihr Männer seid alle gleich. Nur in die Sauna, sonst nichts.«

Verdammt! Das Mädchen las in mir wie in einem aufgeschlagenen Buch.

»Wohin sollen wir gehen?«

Ich konnte mich nicht erinnern, jemals in der Sauna gewesen zu sein.

»In Gunthers Haus ist eine. Außerdem haben sie einen Pool, eine Jacuzzi und ein Dampfbad.«

»Hat er nichts dagegen, wenn wir dorthin gehen, während er weg ist?«

»Natürlich nicht. Bist du mit dem Auto da?«

Also fuhren wir mit dem VW zu Gunthers Haus. Ich fragte Liv nicht, wie sie in den Yachtclub gekommen war – vielleicht hatte Gunther sie auf dem Weg nach Nizza dort abgesetzt. Es war seltsam, wie freizügig er mit seiner reizenden Freundin umging. Wahrscheinlich vertraute er darauf, daß ich keine wirkliche Gefahr darstellte. Deprimierend. Aber es war nicht deprimierend, mit einem aufsehenerregenden schwedischen Mädchen mit himmelblauen Augen in die Sauna zu fahren. Ob alle diese Gerüchte, daß die Schweden pärchenweise nackt ins Dampfbad gingen, stimmten? Ich würde es bald herausfinden.

Gunthers Haus lag ungefähr zehn Kilometer außerhalb von Festigny. Es hatte ein elektronisch verriegeltes Eisentor und sah mindestens so einbruchsicher aus wie Fort Knox. Liv öffnete das Tor mit etwas, das aussah wie eine Kreditkarte aus Plastik.

»Gunther ist ganz verrückt nach elektronischen Spielereien. Das Tor wird von einem Computer kontrolliert. Diese Karte hat einen Magnetstreifen, den das Gerät mit mir in Verbindung bringt. Gunther weiß so, wann ich komme oder gehe. Und wenn ich die Karte verliere, braucht er nur im Computer den Code zu ändern. Dann kann er mir einfach eine neue Karte geben und den alten Code löschen, und die verlorene Karte ist damit wertlos.«

»Hm. Das bedeutet aber auch, daß er dich aussperren könnte, wenn ihr Streit habt. Zumindest so lange, bis du ihm versprichst, wieder brav zu sein.«

»Ich bin immer brav. Im Ernst. Ich freue mich sehr, daß du den Morgen mit mir verbringen willst, aber ich habe es ernst gemeint mit dem, was ich über die Sauna gesagt habe. Ich werde Gunther treu bleiben.«

Ich war ziemlich erleichtert, als ich das hörte. So wußte ich zumindest, was lief, und brauchte nicht darüber nachzudenken, ob ich Annäherungsversuche bei ihr machen sollte oder nicht. Das nahm der Situation einiges an Spannung. Und außerdem erlöste es mich von der Angst, ob ich es überhaupt durchhalten würde, mich sexuell zu betätigen. Statt dessen konnte ich einfach Livs Anwesenheit und ihren tollen Körper genießen.

Sie zeigte mir das Haus, auf das sie insgeheim wohl stolz war. Gunther war nicht mehr so jung wie die anderen auf Pierres Party, aber doch noch deutlich unter dreißig. Dem Haus nach zu urteilen war er bereits Millionär, auch nach britischen Maßstäben.

In einem Nebengebäude befand sich ein Fitneßbereich – ein Geräteraum mit Gewichten zum Bodybuilden, ein Swimmingpool mit einer Jacuzzi, die zu sprudeln anfing, als Liv das Licht einschaltete, ein Dampfbad und eine Sauna.

»Die Umkleideräume für Männer sind hier rechts. Wir treffen uns dann in fünf Minuten in der Sauna.«

Das war jetzt ein bißchen problematisch. Ich glaubte zu wissen, daß man nackt in die Sauna ging, aber sicher war ich mir nicht. Wie unglaublich albern es wirken würde, wenn ich nackt erschien, während Liv einen Badeanzug trug. Andererseits würde es prüde aussehen, wenn ich eine der bereitgelegten Badehosen anzog, während sie im Naturkostüm auftauchte. Am Ende wählte ich einen Kompromiß und schlang mir eins der Handtücher um die Hüften. Je nachdem, wie es die Situation erforderte, konnte ich es ja ablegen oder anlassen. Ich trödelte so lange herum, bis ich sicher sein konnte, daß Liv fertig war, damit ich gleich sah, wo es langging.

Welche Freude! Sie saß nackt und schön auf einer der Holzbänke. Rasch hängte ich mein Handtuch an einen Haken und setzte mich ihr gegenüber. Da sie mir ja mitgeteilt hatte, daß alles ganz artig ablaufen würde, wollte ich sie zumindest gut sehen können.

»Ich bin noch nie in der Sauna gewesen. Hoffentlich bekomme ich nicht einen meiner Anfälle von Atemnot.«

»Oh, hier wird es nicht so heiß. Schau mal, nur knapp über siebzig Grad. Normalerweise stellen wir die Sauna auf neunzig Grad ein, aber sie ist noch nicht richtig aufgeheizt.«

»Ich schwitze trotzdem.«

»Das sollst du auch.«

Mit einer Schöpfkelle goß sie Wasser auf die heißen Steine. Es zischte, als das Wasser sich in Dampf verwandelte, und mir wurde sofort noch heißer.

»Das ist komisch. Es wird viel heißer, wenn du Wasser auf die Steine gießt, dabei sollte man meinen, es kühlt sie ab.«

»Es wird auch sekundenlang kühler. Was du spürst, ist die erhöhte Luftfeuchtigkeit. Dein Schwitzen wird durch den Dampf beschleunigt.«

Ich blickte mich in dem kleinen Raum um. Alles war aus Holz. Die Wände waren mit Pinienholz getäfelt, und die Bänke bestanden aus Bauholz. Auch der Ofen in der Mitte war von Holz umgeben. Selbst die Schöpfkelle war aus Holz. In einer Ecke lagen gebündelte Zweige.

»Wofür sind die Zweige? Sie sehen so aus, als stammten sie von einem Hexenbesen.«

Liv zögerte und sah mich aus ihren klaren blauen Augen aufmerksam an.

»Es sind Birkenzweige.«

»Wofür sind die gut?«

»Das ist eine nordische Sitte. Wenn man sich damit leicht auf die Haut schlägt, dann öffnet das die Poren und du fühlst dich fitter und sauberer.«

»Wirklich? Sollen wir es mal versuchen?«

Sie zögerte.

»Ich hab' doch diesen schrecklichen Sonnenbrand. Selbst in dieser Dampfatmosphäre brennt er.«

Ich nahm eins der Bündel und schlug damit auf meinen Oberschenkel.

»Sie sind sehr leicht.«

»Das stimmt. Wirklich weh tun kannst du dir damit nicht.«

Sie stand auf, nahm auch ein Bündel und schlug mir damit scharf auf den Rücken. Es brannte ein bißchen, belebte zugleich aber auch. Ganz sanft berührte ich mit den Reisern ihren Rücken, ich streichelte sie mehr, als daß ich schlug. Sie sog scharf die Luft ein, und das zeigte mir, wie empfindlich die Haut dort war. Nach ein oder zwei Sekunden schlug sie auch mich wieder, ein wenig härter als beim ersten Mal.

»Au. Das tut weh!«

Wieder strich ich ihr über den Rücken, und wieder zog sie die Luft ein. Ihr ganzer Körper bebte. Ich starrte auf ihre Brüste und stellte fest, daß die Brustwarzen groß und hart geworden waren. Jetzt schwang ich das Bündel ein wenig, und dieses Mal entschlüpfte ihr ein leiser Schmerzenslaut. Sie stützte sich mit den Händen an der Wand ab und ließ den Kopf auf die Arme sinken.

»Es tut so weh! Ich glaube, ich halte es nicht aus.«

Sehnsüchtig starrte ich ihren nackten Körper an. Ihr runder Po streckte sich mir entgegen.

»Soll ich es ein wenig tiefer versuchen?«

Ganz offensichtlich war die weiche Rundung ihres Hinterteils nicht von der Sonne verbrannt.

»In Ordnung.«

Sie lehnte immer noch mit dem Gesicht auf den Armen an der Wand. Ich schlug sie ziemlich fest quer über den Hintern. Es schien ihr nichts auszumachen.

»Das ist besser. Du kannst auch härter zuschlagen, wenn du willst.«

Ich brauchte keine weitere Ermutigung, schlug fest zu, einmal, und dann noch einmal, sogar noch fester. Sie schien nicht mehr daran zu denken, mich zu schlagen, und hatte den Kopf von mir abgewandt. Ich schlug sie drei oder vier Mal, und jeder Schlag war fester als der vorhergehende.

»Oh, Philip … Das tut gut …«

Sie murmelte die Worte so leise, daß ich sie kaum verstehen konnte, und fing an zu stöhnen. Ich schaute sehnsüchtig auf ihre bebenden Brüste und ihr volles

Hinterteil, das jetzt schon beinnahe so rot war wie ihr Rücken. Die Hitze in dem winzigen Raum war überwältigend. Mein Atem kam in rauhen Stößen, aber ich verspürte seltsamerweise keine Angst oder Panik. Ich hatte keinen Anfall, sondern atmete nur schwer wegen der Anstrengung. Außerdem war ich froh, daß sie mich immer noch nicht ansah, da ich bei mir eine Erektion von beachtlichen Ausmaßen festgestellt hatte. Ich schwang das Reiserbündel weiter, während ihr Stöhnen immer heftiger wurde, und das nicht nur wegen der Schmerzen, sondern aus einem anderen Grund. Erstaunt stellte ich fest, daß es die gleichen Laute waren wie die, die ich von Sarah gehört hatte, als ich nachts an ihrem Zimmer vorbeigeschlichen war. Das war die Erregung einer Frau.

Mit neuer Energie widmete ich mich meinem weichen Ziel. Mein Arm schmerzte bald, aber ich war entschlossen, meine Aufgabe zu erfüllen. Und endlich, als ich schon dachte, meine Lungen würden platzen, geschah es. Ihre Schreie wurden plötzlich höher und heftiger. Sie keuchte den Namen ›Olov‹, und ein letzter Seufzer und ein Schauer sagten mir, daß sie den Höhepunkt erreicht hatte. War es mir wirklich gelungen, eine Frau zum Orgasmus zu bringen? Sicher, auf eine etwas ungewöhnliche Art, aber trotzdem verspürte ich ein Gefühl reinen Triumphs! Am liebsten hätte ich es sofort aller Welt mitgeteilt.

In Wirklichkeit jedoch rang ich nach Luft wie ein erschöpfter Marathonläufer, und ganze Ströme von Schweiß rannen mir über den Körper. Ich taumelte aus der Sauna in die kühle Luft draußen. Himmel! Der Pool sah kühl und einladend aus, also sprang ich hinein, wobei ich ganz meine übliche Vorsicht vergaß.

Das eisige Wasser belebte mich. Ich schwamm ein paar Längen und zog mich dann am Rand hoch. Liv war immer noch nicht aufgetaucht. Ich fühlte mich großartig, um so mehr, weil ich immer noch eine riesige Erektion hatte. Was bin ich doch für ein Hengst, sagte ich zu mir.

Dann jedoch sah ich in einem Spiegel am Rand des Pools mein Spiegelbild. Warum sieht eigentlich ein nackter Mann immer so unsäglich grotesk und banal aus? Das ist nicht fair. Eine Frau hat dieses Problem nicht. Ich starrte mich an und errötete. Ohne Kleider sah ich sowieso blöd genug aus, aber der Knüppel zwischen meinen Beinen machte das Bild vollends zur Farce. Ich blickte mich nach einem Ort um, an dem ich mich verbergen konnte. Die Jacuzzi! Perfekt! Ich ließ mich in das Wasser gleiten und war ganz erstaunt, daß es so heiß war. Aber die heftig blubbernden Blasen waren genau das, was ich brauchte. Das Monster zwischen meinen Beinen war allen Blicken entzogen, und jetzt mußte ich nur noch darauf warten, daß die Erektion zurückging.

Gerade noch rechtzeitig. Liv kam aus der Sauna und sprang genau wie ich in den Pool. Voller Sehnsucht bewunderte ich ihren Körper, während sie ungefähr ein dutzendmal hin und her schwamm. Langsam begann ich in der Jacuzzi zu kochen, doch mein erregter Gefährte zeigte keine Anzeichen, wieder auf seine normale Größe schrumpfen zu wollen. Er hatte offenbar vor, so zu bleiben, wie er war.

Schließlich kletterte Liv aus dem Pool; ihr Körper glänzte feucht. Sie schien sehr verlegen zu sein, also rief ich ihr hinüber: »Komm herein! Die Jacuzzi ist wundervoll!«

Sie trat heran und glitt in das warme Wasser.

»Ich muß mich entschuldigen für das, was passiert ist. Ich hatte nicht vor, so was zu tun.«

Es war ihr schrecklich peinlich, und sie hatte offenbar das Gefühl, ich müsse sie jetzt deswegen verachten. Nichts hätte weiter von der Wahrheit entfernt sein können. Daß ich sie so außer sich gesehen hatte, ließ meine Sehnsucht nach ihr eher noch stärker werden.

»Entschuldige dich nicht, um Himmel willen. Mir tut es leid, daß ich es soweit habe kommen lassen.«

Und dann fügte ich hinzu, weil es mir gerade einfiel: »Wer ist Olov?«

Sie schwieg lang und rang offenbar mit sich, ob sie es mir erzählen sollte. Ich wartete geduldig.

»Ich berichte dir am besten die ganze Geschichte, dann wirst du mich nicht mehr für pervers halten.«

Endlich blickte sie mich direkt an. Sie wollte es sich offensichtlich von der Seele reden und versuchte abzuschätzen, ob ich der geeignete Zuhörer war. Nur zu gerne hätte ich gehört, was sie mir zu erzählen hatte, aber ich kochte mittlerweile wie ein Hummer in diesem verdammten Bad. Doch wenn ich jetzt heraussteigen würde, bekäme sie bestimmt einen Schock, und ich würde die Geschichte nie erfahren.

»Olov war mein erster Freund. Wir wohnten damals in Lidingo, einem Vorort von Stockholm, und wir gingen auf die gleiche Schule. Unsere Familien waren beide sehr streng. Wir durften nie ohne Begleitung miteinander ausgehen, konnten nur Händchen halten und uns ab und zu heimlich einen Kuß geben, das war auch schon alles.«

Sie streckte sich aus, so daß nur noch ihr Kopf aus dem Wasser ragte. Und ihre Brustwarzen. Meine Hoffnungen, unbemerkt aus der Jacuzzi zu entkommen, schwanden.

»Aber obwohl meine Eltern diese Strenge zeigten, waren sie doch genauso inkonsequent wie alle Schweden. Nackt zu saunen gehört bei uns zum Leben. Ebenso das Peitschen mit Birkenzweigen. Und obwohl wir nicht alleine ins Kino gehen durften, erlaubten sie uns paradoxerweise, ohne Aufsichtsperson in die Sauna zu gehen, und da durften wir sogar, was noch absurder war, uns nackt betrachten.«

Sie hing eine Weile ihren Erinnerungen nach.

»Nun ja, du kannst dir vorstellen, was geschah. Da wir beide streng erzogen worden waren, wußten wir, daß wir uns korrekt verhalten mußten, aber die Umstände überwältigten uns. Eines Tages schlugen wir uns gegenseitig auf die Schultern, und ich kreischte besonders laut auf. Olov wollte unbedingt die schmerzende Stelle küssen. Wann immer er von da an eine bestimmte Stelle meines Körpers küssen wollte, schlug er mich einfach mit den Birkenzweigen. Ich schrie in gespieltem Schmerz auf, und er küßte mich zur Entschuldigung.«

Sie schwieg.

»Wie dich zog ihn besonders mein Po an.«

Sie starrte mich an, als wartete sie auf Widerspruch.

»Er schlug mich, küßte die Stelle und streichelte dann darüber. Seine Finger begannen zu wandern, zuerst zur Innenseite meiner Oberschenkel, aber später auch dazwischen ... Was mich natürlich sehr erregte. Kein Wunder, daß wir uns letztendlich liebten. Beim ersten Mal hatte ich noch Schuldgefühle. Dann passierte es immer häufiger, und ich vergaß meine Schuldgefühle. Wir konnten voneinander nicht genug bekommen. Jedesmal, wenn wir uns lieben wollten, sagten wir unseren Eltern einfach, wir gingen in die Sauna. Und jedesmal, bevor wir uns liebten, schlug er mich.«

Nach ihrem anfänglichen Zögern schien sie jetzt ganz wild darauf zu sein, die Geschichte loszuwerden. Es war so, als sei ich ein Therapeut und sie läge auf der Couch. Abgesehen davon, daß ich nackt war und gerade zu Tode gekocht wurde.

»Wir hatten eine Lieblingsstellung. Olov saß mit dem Rücken zu dem kleinen Fenster auf der Bank, und ich setzte mich auf ihn, so daß sein Penis tief in mich eindringen konnte. So konnten wir uns soviel küssen und streicheln, wie wir wollten. Und ich behielt das Fenster im Auge, für den Fall, daß die Erwachsenen auftauchten. Für mich war diese Stellung anstrengend. Ich mußte mich auf und ab bewegen, obwohl er mich manchmal unterstützte, indem er die Hände unter meinen Po legte. Außerdem schlugen wir uns gegenseitig häufig und lange mit den Birkenreisern. Manchmal wirklich sehr fest.«

Sie schwieg, aber ich spürte, daß sie noch nicht fertig war. Dann fuhr sie ruhiger fort, und ihre Gedanken schweiften in die Vergangenheit.

»Darum ging es, weißt du. Der Schmerz. Wir machten es hauptsächlich deswegen, weil wir uns schuldig fühlten und uns bestrafen wollten. Aber dann verband es sich unauflöslich mit der Liebe. Das ist wie ein angelernter Reflex. Wenn den Schmerzen durch die Schläge immer die Lust folgt, dann glaubt dein Körper, daß die Lust aus dem Schmerz resultiert.«

Zwei dicke Tränen rollten ihr über die Wangen. Sie leckte sie weg.

»Es ist eine tödliche Falle. Am Ende empfindest du

nur Lust, wenn du zuerst Schmerz empfindest. Wenn ich mit jemandem schlafe, kann ich nur zum Höhepunkt gelangen, wenn irgendwelche Schmerzen dazugehören. Aber heute hat mich zum ersten Mal der Schmerz alleine zum Orgasmus gebracht. Du warst nicht besonders sanft, Philip. Eigentlich mag ich keine Schmerzen, weißt du. Aber was soll ich machen?«

Ich hörte ihr fasziniert zu. Aber mittlerweile, da ich mein Ziel, sie in die Jacuzzi zu locken, erreicht hatte, wollte ich unbedingt hier heraus. Ich hätte gern etwas Nettes und Tröstendes zu ihr gesagt, aber ich hielt die Hitze keine Minute länger mehr aus. Und mein Ständer war immer noch da.

»Liv, es tut mir schrecklich leid, ich muß hier heraus. Würdest du bitte einmal wegschauen?«

»Was? Ich erzähle dir meine größten Geheimnisse, und du willst noch nicht mal, daß ich dich nackt sehe? Nein, ich schaue ganz bestimmt nicht weg.«

»In Ordnung. Ich stehe jetzt auf. Aber ich habe gesagt, daß es mir leid tut.«

Ich stieg aus der Jacuzzi und rannte zum Pool. Als ich hineinsprang, hörte ich ihr Lachen. Immerhin tat das kühle Wasser gut. Jetzt würde mein Glied sicherlich schrumpfen. Aber nein. Das verdammte Ding hatte seinen eigenen Kopf. Der Krake war aufgestiegen, und bevor er nicht befriedigt war, tauchte er nicht wieder unter.

Ich konnte nichts dagegen tun. Es blieb mir nichts übrig, als Livs Erheiterung zu ertragen, schließlich konnte ich nicht ewig im Pool bleiben.

Verlegen stieg ich heraus, trat an die Jacuzzi und setzte mich an den Rand. Um nichts in der Welt würde ich mich wieder in das heiße Wasser setzen.

»Wow!« Liv schlug die Hände zusammen. »Woher hast du denn dieses Monster?«

Ich versuchte, ihn zwischen meinen Beinen zu verstecken, aber er sprang immer wieder heraus. Liv quietschte vor Vergnügen.

»Meine traurige kleine Geschichte hat dir also das hier beschert, ja?«

»O nein«, erwiderte ich rasch. »Das ist schon so, seit ich dich in der Sauna ausgepeitscht habe. Es läßt einfach nicht nach.«

»Na, dann mußt du dich leider damit abfinden. Tut mir leid, aber ich werde Gunther nicht betrügen.«

»Was soll ich denn tun? Es geht einfach nicht weg.«

Ich kramte in den Tiefen meiner Erinnerung und holte einen Satz hervor, den ich einmal ein paar Jungen hatte sagen hören.

»Könntest du nicht Hand anlegen?«

»Nein.«

»Warum nicht? Das ist doch nicht zuviel verlangt.«

»Es ist gegen die Regeln. Du mußt es schon selber tun.«

»Was, hier?« Ich war entsetzt.

»Nein, natürlich nicht. Wir wollen ja nicht die Jacuzzi zu so etwas benutzen. Dazu mußt du schon auf die Toilette gehen.«

»Wie schäbig.«

»Tut mir leid, aber Sex ist manchmal ein schäbiges Geschäft.«

Ich lehnte es ab, das zu tun, was sie sagte. Nach meinem Glück in der vergangenen Woche wollte ich nicht glauben, daß sie so herzlos sein konnte. Irgend etwas mußte es doch bestimmt geben, dem sie zustimmen würde.

»Es tut mir leid, daß ich dich gerade jetzt in deiner Geschichte unterbrochen habe. Ich verstehe, was du gemeint hast, und es tut mir sehr leid.«

»Die Geschichte geht nicht weiter. Das war alles.«

»Aber was ist aus Olov geworden?«

»Ich weiß nicht. Vielleicht muß er mit dem gleichen Problem leben wie ich. Eines Tages, in der Sauna, hatten wir alles um uns herum vergessen, und ich sah nicht durchs Fenster. Mein Vater kam herein und erwischte uns. Er war wütend. Er schloß mich zwei Wochen lang in mein Zimmer ein, nur bei Brot und Wasser und der Bibel als einziger Lektüre. Olov wurde von seinem Vater verprügelt und irgendwohin fortgeschickt, wohin, weiß ich nicht.«

»Das war sehr grausam. Ihr habt euch doch geliebt.«

»Vielleicht. Vielleicht auch nicht. Normalerweise stellt man sich unter Liebenden ein Paar vor, das sich Händchen haltend den Sonnenuntergang betrachtet, nicht zwei Menschen, die sich gegenseitig mit Birkenzweigen schlagen. Ich denke nicht gerne darüber nach, was aus uns geworden wäre, wenn wir geheiratet hätten oder uns ohne Einschränkung hätten austoben dürfen.«

»Armer Olov«, sagte ich, ohne nachzudenken.

»Warum nicht ›arme Liv‹?«

»Ja, natürlich. Es tut mir leid, aber vermutlich habe ich mich mit Olov identifiziert. Schließlich hat er dich für immer verloren. Was könnte trauriger sein?«

»Ach, hör auf. Du willst mir schmeicheln. Ich will nicht herumgereicht werden. Dein Steifer gehört ganz allein dir. Du mußt dich schon selber retten.«

Plötzlich hatte ich die Antwort. Aber es würde einiges an Überredungskraft erfordern.

»Liv, hör mal – ich habe eine Idee. Ich möchte, daß du etwas für mich tust.«

»Gut, solange du nicht von mir verlangst, daß ich Gunther betrügen soll.«

»Ich verlange nichts von dir, was du nicht schon getan hast.«

»Okay. Was also?«

»Ich möchte, daß wir wieder in die Sauna gehen und noch einmal dasselbe tun, was wir eben gemacht haben.«

»Du meinst mit den Birkenzweigen? Warum?«

»Ich weiß nicht genau, wie ich es dir erklären soll.«

Sie schwieg.

»Nun?«

»Wenn wir es noch einmal täten, bekäme ich bestimmt einen Orgasmus.«

»Du möchtest, daß ich dich schlage, damit du einen Orgasmus bekommst? Verrückt!«

»Nein. Ich möchte dich schlagen, damit du einen Orgasmus bekommst. Dadurch käme ich auch zum Höhepunkt.«

Ich erwartete, daß sie nein sagen würde. Aber offensichtlich war sie fasziniert von der Idee, und ihr kurzes Zögern war alles, was ich brauchte.

»Ich bitte dich um nichts, was du nicht schon getan hast. Du hast es ja auch beim erstenmal nicht als Untreue empfunden, oder?«

»Nein. Aber eigentlich wollte ich gar nicht so weit gehen.«

»Bitte, Liv.« Da mir dieser Ausweg eingefallen war, brannte ich darauf, ihn in die Tat umzusetzen. »Könnten wir es nicht einfach versuchen? Wenn es nicht funktioniert, hören wir auf.«

»Okay, gut. Aber keine krummen Touren.«

Was sie wohl damit meinte? Die ganze Situation war schon abgedreht genug.

»Nur eine Minute. Ich muß mich noch abkühlen.«

Sie sprang wieder in den Pool, während ich ungeduldig wartete. Als sie herauskam, ging sie, ohne sich umzusehen, in die Sauna. Ich folgte ihr.

»Was soll ich tun?«

»Genau das gleiche wie vorhin. Lehn dich an die Wand, leg deinen Kopf auf die Arme und tu so, als sei keiner da.«

Sie tat, was ich sagte, und wieder lag vor mir das weiche, verführerische Ziel, allerdings jetzt nicht mehr weiß, sondern noch gerötet von den Schlägen.

Ich ergriff ein frisches Bündel Birkenzweige und schlug spielerisch zu. Sie zuckte zusammen, sagte aber nichts. Ich schlug ein paarmal fester zu, und sie begann, leise zu stöhnen.

»Geht's dir gut? Ich merke nicht, ob es dir weh tut.«

»Ja. Du kannst weitermachen.«

Wieder schlug ich zu, wobei ich insgeheim die Leichtigkeit der Zweige verfluchte. Die Versuchung war zu groß für mich, und so legte ich das Bündel beiseite und schlug sie mit der flachen Hand. Das Geräusch war äußerst befriedigend. Sie erschauerte.

»Das hat weh getan.«

»Trotzdem okay?«

»Ja.«

Ich tat so, als bereitete ich den nächsten Schlag vor und fuhr sanft mit meiner Hand über ihren Hintern. Dann schlug ich wieder zu. Dieses Mal tat mir die Hand weh. Sanft rieb ich über ihre gerötete Haut und holte wieder aus. Der Schlag war so fest, daß ihr ganzer Körper bebte.

»Oh, Philip, das ist gut.«

War ihr denn nichts zuviel? Der nächste Schlag brachte sie wieder zum Beben, und ich beobachtete fasziniert, wie ihre Brüste zitterten. Da ich die linke Hand frei hatte, umfaßte ich mit ihr eine Brust. Sie sah nicht auf, schüttelte aber den Kopf.

»Nein.«

»Bitte, Liv.«

»Nein, nur den Po.«

Gehorsam zog ich meine Hand fort. Ich war zwar derjenige, der sie schlug, aber sie bestimmte die Regeln. Ich schlug weiter mit der flachen Hand, und nach jedem Schlag streichelte ich ihren Po und fuhr mit der Hand zwischen ihre leicht geöffneten Beine, wo es sich feucht und geschwollen anfühlte. Ihr Stöhnen veränderte sich. Jetzt hörte es sich nicht mehr an wie das eines kleinen Mädchens, sondern es waren die Laute einer Frau, die die Kontrolle verliert. Sie hatte die peinliche Situation vergessen und wurde von ihren Gefühlen überwältigt.

Ihre Oberschenkel schienen am empfindlichsten zu sein. Während ich sie schlug, faßte ich wieder mit der linken Hand an ihre Brüste. Dieses Mal bemerkte sie es entweder nicht, oder sie hatte nichts dagegen einzuwenden. Ich streichelte sie ausgiebig, und sie mußte eigentlich merken, was ich da tat. Ihre Brüste waren genauso von der Sonne verbrannt wie ihr Rücken, wenn nicht sogar mehr. Die dunklen Brustwarzen waren bis zum Bersten geschwollen, und meine Liebkosungen mußten qualvoll für sie sein.

Ihr Stöhnen wurde heftiger und kam ganz hinten

aus der Kehle. Es war beinahe soweit. Sie näherte sich dem Höhepunkt und seufzte verzweifelt auf.

»Noch einmal?« flüsterte ich nach einem Schlag, wobei mir die Worte fast im Hals steckenblieben.

»O Gott«, stöhnte sie. »Oh, ja.«

Ihre Fingerknöchel wurden weiß vor Anstrengung, so sehr verkrampfte sie sich. Ich schloß die Augen und schlug noch einmal zu.

»Oh, ja ...«

Ihre Stimme war nur noch Ekstase. Ihr Körper erbebte und zitterte, während sie zum Höhepunkt gelangte. Und auch ich fand Befriedigung in einem gewaltigen Orgasmus.

Es war vorüber. Wir hatten es beide geschafft.

10

Zum Mittagessen plünderten wir Gunthers Kühlschrank. Ich fühlte mich nicht wohl dabei; schließlich hatte ich mir schon Freiheiten mit seiner Freundin herausgenommen, und jetzt vergriff ich mich auch noch an seinen Vorräten. Liv konnte sich nicht hinsetzen und mußte im Liegen essen. Obwohl sie jetzt wieder vollkommen bekleidet war, weckte ihre Position neue Lust bei mir, und ich konnte meine Augen nicht von ihrem gerundeten Hinterteil abwenden. Ich beschloß, bald zu gehen.

Die Situation wurde mir aus der Hand genommen, als das Telefon läutete. Liv nahm den Hörer ab, schwatzte eine Weile und kam dann wieder zu mir zurück.

»Das war Michelle. Sie wollte wissen, ob sie sich meinen Surfanzug ausleihen könne. Ich habe ihr gesagt, daß du ihn mitbringst.«

»Woher wußte sie, daß ich hier bin?«

»Das wußte sie gar nicht. Ich habe es ihr gesagt. Es macht dir doch nichts aus, oder? Ich muß heute nachmittag noch ein paar Briefe schreiben. Außerdem finde ich, wir haben für einen Tag genug Aufregung gehabt.«

»Okay, du hast wahrscheinlich recht. Ist sie in der Villa?«

»Nein. Sie kommt in einer halben Stunde zum Hafen. Sie wollen mit Jaques' Speedboat fahren. Kannst du ihr den Anzug da geben?«

Ich fuhr mit dem VW nach Festigny. Ein Käfer ist schwerer zu parken als ein Porsche – man muß sich an die Vorschriften halten. Schließlich blieb mir nichts übrig, als ins Parkhaus des Hotels ›La Croisette‹ zu fahren. Am Hafen wartete Michelle mit Jaques, Pierre und Ilsa.

»Hier ist Livs Surfanzug. Hoffentlich paßt er dir.«

»Danke, Philip. Wir wollen Wasserski laufen.«

»Viel Vergnügen«, sagte ich wehmütig.

»Gut. Wir sehen uns später.«

Und schon war sie weg. Ich wandte mich traurig ab und ging zurück zum Parkhaus. Schließlich durfte ich mich nicht beklagen; auch ich hatte meinen gerechten Anteil an Sex erhalten. Aber meine Sehnsucht nach Michelle war nicht geringer geworden. Wenn ich sie doch nur dazu bringen könnte, ihr früheres Angebot zu wiederholen! Im Augenblick hätte ich wahrscheinlich sogar den Tod riskiert, nur um endlich mit einer Frau zu schlafen.

Als ich am Hafen entlangging, wurde ich auf ein Mädchen in einem makellos weißen Tennisdreß aufmerksam. Sie trieb mit einem Schläger einen Ball über den Kai. Ihr winziges weißes Röckchen verdeckte kaum ihren spitzenbesetzten, blaßrosa Schlüpfer. Bei ihrem Pullover jedoch fielen mir fast die Augen aus dem Kopf. Sie trug keinen BH, und der weiße Pulli war aus ganz dünnem Material. Darunter hüpften ihre Brüste auf und nieder, im gleichen Rhythmus wie der Tennisball. Mit dem Kopf verfolgte ich die Bewegung. Ich kam mir vor wie bei der Fernsehübertragung eines Tennisspiels.

Plötzlich verlor sie die Kontrolle über den Ball, und er sprang in meine Richtung. Ich fing ihn auf. Das darauffolgende Gespräch war banal, aber es erfüllte seinen Zweck. Noch eine Woche zuvor hätte ich kaum ein Wort herausgebracht.

»Oh, vielen Dank. Ich bin so froh, daß du ihn gefangen hast. Tennisbälle kosten nämlich pro Stück über vier Francs. Und wenn er ins Wasser gefallen wäre, hätte ich das Nachsehen gehabt.«

»Als Tennisplatz ist das hier ziemlich ungeeignet, würde ich sagen.«

»Ja. Dumm von mir. Ich war heute früh mit einer Freundin zum Tennisspielen verabredet, aber sie ist nach Nizza zum Einkaufen gefahren, und ich wollte die Zeit irgendwie rumbringen.«

»Ich auch. Sollen wir zusammen ein Eis essen oder einen Kaffee trinken?«

»Das ist nett von dir. Ja, warum nicht?«

»Im ›Paris‹ ist es am besten. Die Milchshakes dort sind am üppigsten. Okay?«

»Zeig es mir. Du wohnst also hier?«

»Ja, etwas außerhalb des Ortes. Mein Name ist Philip. Wie heißt du?«

»Marisette. Ich bin aus Lyon und reise mit meiner Freundin die Küste entlang. Sie kommt heute abend zurück, um mich abzuholen.«

Wir setzten uns an einen Tisch vor dem ›Paris‹, und der Kellner gab uns zwei Speisekarten, eine blaue für mich und eine pinkfarbene für Marisette. Auf den pinkfarbenen Karten stehen keine Preise. In Festigny hat man noch nichts von der Frauenbewegung gehört.

»Probier mal eine Venus Grand Marnier. Das ist köstlich. Und mit Alkohol.«

»Okay. Damit kann ich mich für mein verpaßtes Mittagessen entschädigen.«

Und so saß ich also mit einer hübschen, großäugigen Tennisspielerin am Meer und plauderte. Toller Fang. Die Vorstellung, daß sie in dieser Aufmachung Sport trieb, brachte mich fast um den Verstand. Niemand konnte gegen diesen Pulli Tennis spielen, wenn ihre Brüste darunter so provozierend hüpften. Das wäre geistige Folter.

»Möchtest du heute nachmittag an den Strand gehen?«

»Zu gerne. Aber ich habe keinen Badeanzug dabei.«

»Kein Problem. Wir kaufen dir einen im Le Chic Chick.«

»Ich habe auch kein Geld dabei.«

»Auch kein Problem. Ich habe eine Kreditkarte.«

»Bist du sicher?«

»Natürlich. Komm.«

Le Chic Chick ist nicht für niedrige Preise bekannt. Die Bikinis im Schaufenster waren alle nicht ausgezeichnet, außerdem bestanden sie nur aus Höschen, und eines war sogar nur ein Stringtanga. Da ich sie hierher gebracht hatte, war ich in Sorge, ob Marisette es vielleicht zu aufdringlich finden würde, wenn ich ihr solche sexy Badesachen anbot. Statt dessen aber quietschte sie vor Entzücken und zeigte auf den Tanga.

»Glaubst du, ich könnte es wagen, den zu tragen?«

Ich schluckte.

»Das liegt an dir. Wenn du ihn haben willst, kaufe ich ihn dir.«

»Ich weiß nicht. Was wohl meine Mutter sagen würde?«

»Er ist ja nicht für deine Mutter.«

»Du hast recht. Gut, machen wir es.«

Also kaufte ich ihn für sie. Ich mußte auch für mich eine Badehose erstehen, und außerdem noch Sonnenöl und Strandtücher, denn in die Villa zurückzufahren hatte ich keine Lust.

Wir schlenderten die Promenade entlang zum sandigen Teil des Strandes. Der erste Sandstrand, zu dem man gelangt, ist die *Plage Publique*, der Teil des Strandes, an den alle gehen können.

»Laß uns hierbleiben«, sagte Marisette.

»Nein, hier ist es viel zu voll. Die privaten Strände sind viel besser.«

»Bist du vielleicht ein Snob? Komm schon. Entweder an den öffentlichen Strand oder gar nicht.«

Ihre Sturheit ärgerte mich, aber da sie bereits die Treppe hinunterging, konnte ich ihr nur folgen. Der Strand war brechend voll. Ich übertreibe nicht, wenn ich sage, daß der Platz, den sie für uns fand, nicht viel größer als ein Eßtisch war.

»Wo sollen wir uns denn umziehen?« fragte ich.

»Hier natürlich. Man muß es ein bißchen geschickt anstellen, aber das ist eben die Herausforderung.«

Innerhalb kürzester Zeit hatte sie sich ihre Tenniskleidung aus- und den Tanga angezogen, wobei sie das Strandtuch als Schutz benutzte. Als sie es weglegte, zeigte sie einen atemberaubenden Körper, einen flachen Bauch, einen wohlgerundeten, einladenden Hintern und üppige Brüste. Ich war weniger geschickt und brauchte mehrere Minuten, bevor es mir gelang, die Badehose hochzuziehen, ohne das Handtuch fallen zu lassen. Die Nähe und die Nacktheit all der Fremden um mich herum lenkten mich zu sehr ab.

Nach einer Weile begann ich mich daran zu gewöhnen, daß es so voll war, und begann es sogar zu mögen. Ich war von weiblichen und männlichen Körpern umgeben, und die weiblichen glichen alle köstlichem, sonnengebräuntem Marzipan. Der Strand war so voll, daß nur die wirklichen Fans sich hier aufhielten. Die älteren, gesetzteren, die mich verlegen gemacht hatten, als ich Michelles Körper eincremen durfte, waren alle zu den privaten Stränden geflohen.

Tatsächlich empfand ich sogar ein leichtes Gefühl der Überlegenheit, weil ich wußte, daß ich es mir hätte leisten können, an einen Privatstrand zu gehen. Außerdem wohnte ich hier, während die meisten anderen nur Ferien machten. Nach einer Weile fühlte ich mich nicht mehr so unwohl. Mir fehlte nur ein Kellner, der Getränke brachte.

»Soll ich dir den Rücken eincremen?«

Das war kühn von mir, da ihr nacktes Hinterteil in diese Definition mit einbezogen werden konnte.

»Ja, gerne, wenn du willst.«

Mit dem Kopf auf den Armen legte sie sich auf den Bauch. Ich schätzte die Arbeit ab, die vor mir lag, und entschloß mich, sie gründlich und professionell auszuführen. Ich würde im Nacken beginnen, mich systematisch ihren Rücken und über ihren Po hinunterarbeiten und dann die Beine entlang bis zu den Zehen. Wenn sie das zuließ. Vorsichtig hob ich ihre braune Haarmähne an, gab etwas Öl auf den Nacken und verteilte es. Dann rieb ich mit beiden Händen zu ihren Schultern hinunter, so wie ich es einmal bei einem Masseur in einem Film gesehen hatte. Ihren Rücken bearbeitete ich genauso fest, wobei ich mit beiden Händen auf ihrer Wirbelsäule begann und das Öl zu beiden Seiten verteilte. Anscheinen mochte sie das.

»Du machst das öfter, was?«

»Bisher nur einmal«, entgegnete ich wahrheitsgemäß.

Der Tanga war ein Kunstwerk. Er war lächerlich und übertrieben teuer gewesen für ein Stück Seil, aber ich mußte zugeben, daß er perfekt im Styling und äußerst rassig war. Er sah tatsächlich genauso teuer aus, wie er war – woher das kam, weiß ich nicht –, und er war sicher das aufregendste Kleidungsstück am ganzen Strand. Ich hatte von vornherein beschlossen, ihren Hintern auch einzuölen, und hatte nicht die Absicht, im letzten Moment einen Rückzieher zu machen. Nur durfte ich nicht so fest zupacken wie bei ihrem Rücken. Bei diesem Körperteil mußte ich zarter vorgehen.

Um sie vorzuwarnen, tupfte ich je einen Tropfen Öl auf ihre Hinterbacken. Keine ablehnende Reaktion. Mit den Fingerspitzen verrieb ich sie dann langsam, von der Mitte ausgehend. Ich ging so sanft mit ihr um, wie ich bei Liv wild gewesen war. Die kreisförmige Bewegung spannte und entspannte ihre festen Pobacken. Ich blickte dabei auf den mittleren Strang ihres Tangas und dachte an die Geheimnisse, die er verbarg. Zu schnell hatte ich alles so gründlich eingeölt, wie ich konnte, und widmete mich zögernd ihren Beinen und schließlich ihren Füßen. Die ganze Prozedur hatte ungefähr zehn Minuten gedauert. Aber ich denke, wenn eine Aufgabe es wert ist, erfüllt zu werden, ist sie es eben auch wert, gründlich erfüllt zu werden.

»Fertig. Den Rest muß die Sonne erledigen.«

Sie seufzte befriedigt wie eine Katze vor dem Kamin. Ich lehnte mich zurück und blickte aufs Meer. Jaques' Speedboat war nicht weit entfernt. Er machte gerade verschiedene Versuche, irgend jemand, entweder Ilsa oder Michelle, an seinem Zugseil aus dem Wasser hochzuziehen. Jedesmal, wenn das Mädchen hineinfiel, mußte er einen weiten Bogen fahren, um das Seil wieder in Reichweite zu bringen. Endlich gelang es dem Mädchen, ungefähr zwei Sekunden aufrecht zu bleiben, aber dann stürzte es doch wieder kopfüber ins Wasser. Ich stellte fest, daß es Michelle war, die offenbar nicht den Surfanzug trug. Seltsam, wo sie sich doch so bemüht hatte, ihn zu bekommen. Sie probierte es immer wieder, und nach fünf oder sechs Versuchen gelang es ihr schließlich, eine ganze Strecke durchzuhalten. Die Leute auf dem Boot brachen in Jubel aus.

Ich wandte meine Aufmerksamkeit wieder Marisette zu. Sie hatte den Kopf in die Hand gestützt und ebenfalls aufs Meer geschaut. Von meinem Standpunkt aus lag der Vorteil dieser Position darin, daß ich ihre Brüste sehen konnte. Ich saß da und bewunderte sie. Jedesmal, wenn sie ihre Lage veränderte, drückten sich ihre Brüste gegen das Strandtuch. Sie waren erstaunlich formbar. Wahrscheinlich ist das kein Merkmal, das von Frauenzeitschriften empfohlen wird – deren Ideal ist eher fest und gut geformt. Aber es ist doch äußerst sexy. Einem männlichen Betrachter sagt es: »Diese Brüste sind nicht nur dazu da, in meine Kleider zu passen. Man kann auch mit ihnen spielen und sie mit Händen und Lippen erforschen.«

Ich überlegte, ob ich wohl eine Chance dazu bekäme. Wenn mir das gelänge, dann aufgrund meiner eigenen Bemühungen. Meine früheren Eroberungen, wenn das überhaupt der richtige Ausdruck dafür ist, waren alle von fremder Hand vorbereitet gewesen, und ich hatte nur als naives, williges Opfer gedient. In diese Liste schloß ich Solange auf Jaques' Party ein, Brigitte mit dem Riesenbusen und Liv. Aber Marisette war meine eigene Eroberung. Wenn irgend etwas passieren würde, dann lag das an meiner Überredungskunst oder Persönlichkeit. Falls sie nicht nur von meiner Kreditkarte beeindruckt war.

Während ich darüber nachsann, drehte sie sich auf den Rücken. Jetzt konnte ich alles sehen. Ihre Brüste wogten leise, wie Wackelpudding, jede in eine andere Richtung. Ich beschloß, ihnen Namen zu geben. Die rechte müßte Rosenknospe heißen, und die linke vielleicht Loreley? Rechts und links. Ich konnte ihnen alle Namen geben, die ich wollte.

Schließlich räusperte ich mich.

»Von vorne solltest du auch eingerieben werden.«

»Ja, bestimmt.«

Wie weit ich doch gekommen war, seit mir Michelle vor einer Woche das Gleiche angeboten hatte! Dieses Mal würde ich nicht die Nerven verlieren.

»Soll ich es machen?«

»Das ist ein bißchen gewagt, oder?«

»Vielleicht. Aber ich würde es gerne tun. Ziemlich gerne.«

»Na gut. Aber benimm dich. Nicht, daß die anderen Leute aufmerksam werden.«

Vorsichtig begann ich bei den Füßen und arbeitete mich nach oben. Ich tat das nicht, weil ich mich anders herum nicht traute, sondern weil ich die Vorfreude soweit wie möglich verlängern wollte. Ihre Füße, Knöchel und Schienbeine glänzten, nachdem ich das Öl einmassiert hatte. Die Knie, dann die Oberschenkel. Je höher ich kam, desto sanfter wurden meine Bewegungen. Jetzt konnte ich den Tanga von vorne betrachten. Auch da war er perfekt. Der ganze teure Bikini bestand nur aus den beiden Strikken, die sich zwischen ihre festen Hinterbacken geschmiegt hatten und vorne ein winziges weißes Stück Stoff hielten. Ihr braunes Schamhaar kräuselte sich am oberen Rand und an den Seiten leicht hervor, dankbar für die seltene Gelegenheit, das Tageslicht genießen zu können. Die Wölbung unter dem dünnen Baumwollstoff – waren das die Schamlippen? Zärtlich strich ich mit den Fingern über den Ansatz ihrer Oberschenkel, wobei ich mit dem Daumen wie zufällig an der Seite des Tangas entlangfuhr. Fast war ich versucht, mit dem Daumen unter das Stoffdreieck zu rutschen, um die warme Feuchtigkeit, die dort wartete, zu spüren.

Statt dessen ließ ich ein paar Tropfen Öl auf ihren Bauch fallen und begann es sorgfältig zu verreiben. Wie fest sich ihr Bauch anfühlte. Dem Nabel schenkte ich besondere Aufmerksamkeit. Er sollte nicht von der Sonne verbrannt werden. Ebenso sorgfältig verrieb ich das Öl auf den unteren Rippenbögen.

Und jetzt endlich konnten sich meine Hände auf diese üppigen, weichen Hügel legen.

Sorgfältig träufelte ich drei Tropfen Öl auf eine Brustwarze. Ich spürte, wie die Leute um uns herum aufmerksam wurden. Nur mit den Fingerspitzen der rechten Hand verteilte ich dann das Öl über die zarte Haut. Die Brust rutschte zur Seite, als habe sie Angst vor mir. Überzeugungskraft, das brauchte ich jetzt. Ich schob sie wieder zurecht und umschloß sie mit der ganzen Hand, wobei ich die Linke dazu benutzte, sie am Ausweichen zu hindern. So saß sie in der Falle und konnte nur noch bebend hinnehmen, daß das Öl über sie ran.

Je öliger sie jedoch wurde, desto schwieriger war sie festzuhalten. Meine Finger waren auch schon ganz schön glitschig. Schwitzend schob ich sie immer wieder zurecht. Schließlich ergab sich die weiche Brust, als ob sie endlich erkannt habe, wer hier das Sagen hatte. Jetzt konnte ich mit der anderen beginnen.

Wieder drückte ich auf die Flasche und stellte zu meinem Erstaunen fest, daß sie fast leer war. Hatte ich wirklich Sonnenöl für vierzig Francs für einen einzigen Körper verbraucht? Wenn ich davon ausging, dann kostete mich das Sonnenöl in der Minute mehr als der VW, der immer noch in der Hotelgarage stand. Und doch war es sein Geld wert. Ich profitierte von meiner Erfahrung mit der ersten Brust und leistete bei der zweiten von vornherein bessere Arbeit, indem ich beide Hände um den Hügel schloß und ihn von beiden Seiten knetete. Je mehr er mir entschlüpfen wollte, desto fester arbeitete ich das Öl in die zartrosa Haut und die braune Warze ein. Schließlich erlahmte der Widerstand, und der Hügel lag glänzend vor mir. Ich betrachtete mein Werk und führte die letzten Detailarbeiten aus: ein wenig auf die Haut unter der Falte, die ich übersehen hatte, ein Tupfer auf die Brustwarze – eben solche Dinge.

Marisette hustete und blickte auf die Uhr.

»Du hast jetzt fast zehn Minuten an diesem Bereich

gearbeitet. Die Leute schauen alle schon ganz neugierig her.«

Ich errötete.

»Tut mir leid, ich war in Gedanken bei etwas anderem.«

Ich rieb ihre Schultern ein, und dann konnte ich mich nur noch zurücklehnen und auf das Ergebnis warten.

»Du bist jetzt fertig. Jetzt ist die Sonne dran.«

Marisette schüttelte leicht mißbilligend den Kopf.

»Und dabei haben sie gesagt, du wärst schüchtern.«

Ich dachte darüber nach. Vermutlich war ich vor einer Woche noch schüchtern gewesen. Na ja, schüchtern vielleicht nicht, nur mir zu bewußt der Dinge, die ich erlebt oder noch nicht erlebt hatte.

Plötzlich traf mich die Erkenntnis dessen, was sie gesagt hatte, wie ein Schlag. Ich setzte mich kerzengerade hin.

»Sie haben gesagt …? Wer hat was gesagt?«

Jetzt war es an Marisette, zu erröten.

»Tut mir leid. Ich weiß nicht. Ich habe es einfach nur so dahin gesagt.«

»Nein, das hast du nicht. Du hast mit jemanden über mich geredet. Noch bevor wir uns kennengelernt haben.«

Ich redete in ziemlich ärgerlichem Tonfall, und ein paar unserer Nachbarn blickten mich verwundert an. Ich war deshalb so wütend, weil ich stolz geglaubt hatte, erfolgreich ein völlig fremdes, schönes Mädchen abgeschleppt zu haben. Aber das stimmte offenbar nicht. Alles paßte zusammen. Kein Wunder, daß Michelle den Surfanzug nicht trug. Sie hatte ihn gar nicht gebraucht. Sie hatte noch vor mir gewußt, daß ich mit Liv in Gunthers Haus sein würde. Dann hatte sie unter einem Vorwand angerufen, um mich zur verabredeten Zeit zum Hafen zu locken. Als die anderen mit dem Boot losfuhren, war Marisette unschuldig aufgetaucht und hatte mit einem Tennisball gespielt, der ganz zufällig in meine Richtung sprang. Kein Wunder, daß ich ärgerlich war.

»Komm schon, sag, was los ist. War es Michelle?«

Marisette saß in der Falle.

»Na gut. Ja, es war Michelle. Aber mehr sage ich nicht.«

»Nein, du wirst noch mehr sagen, und zwar deshalb, weil ich dich so lange anschreie, bis du mit der Wahrheit herausrückst. Und das ist ganz schön peinlich bei all diesen Leuten um uns herum.«

»Mach keine Szene. Es sollte nur ein Spaß sein.«

»Woher kennst du eigentlich Michelle?«

»Ich bin zusammen mit ihr im gleichen Seminar, an der Sorbonne.«

»Wirklich? Ist zufällig auch ein sehr kleines Mädchen namens Solange in diesem Seminar?«

Sie blickte mich verwirrt an. »Ja. Woher weißt du das?«

»Egal. Ich habe sie nur zufällig kennengelernt.«

Ich schmollte eine Weile. Marisette warf mir verstohlene Blicke zu und fragte sich wohl, ob ich es wohl dabei belassen würde.

»Und ein überentwickeltes Mädchen namens Brigitte?«

Sie schüttelte den Kopf. Brigitte hatten sie also extra engagiert.

»Was hat sie dir aufgetragen? Was solltest du mit mir tun?«

»Nichts. Ehrlich. Michelle hat nur gesagt, ich soll dich den Nachmittag über beschäftigen.«

»Und warum?«

»Frag nicht so, ich weiß es wirklich nicht. Sie hat gesagt, sie bezahlt mir die Zugfahrkarte von Lyon, und hier würde eine Party sein. Es war einfach nur ein Spaß.«

»Also gibt es auch die Freundin nicht, mit der du Tennis spielen wolltest? Das war nur erfunden?«

Sie nickte.

»Den Tennisdreß habe ich nur angezogen, damit du auf mich aufmerksam wirst und damit ich mit einem Ball herumspielen konnte. Das kam mir raffinierter vor als einfach ein Taschentuch fallen zu lassen.«

»Und warum hattest du keinen Badeanzug? Niemand kommt ohne Badeanzug nach Südfrankreich, nicht einmal für einen Tag.«

»Tut mir leid. Das war meine Idee. Mein Koffer ist in Jaques' Haus. Ich war einfach scharf auf was Neues. Ich habe einen Bikini dabei, aber er ist aus der Steinzeit, total altmodisch. Ich wollte so gerne etwas Modernes haben und dachte, daß du mir vielleicht einen kaufst. Das hast du ja auch getan. Muß ich ihn dir jetzt zurückgeben?«

Ich mußte lachen, und augenblicklich war meine schlechte Laune verflogen.

»Natürlich nicht. Er sieht an dir wesentlich besser aus als an mir.«

»Ich habe dir erlaubt, mich einzucremen.«

»Ja, das stimmt.«

»Ich glaube, ich gehe jetzt besser.«

»Aber nein. Ich bin nicht böse auf dich. Ich bin böse

auf Michelle. Nein, ich bestehe darauf, daß ich dich heute abend einladen darf. Ins Chat Noir.«

Das war Festignys bestes Restaurant, direkt am Hafen. Es mußte ihr einfach aufgefallen sein.

»Ich kann nicht. Ich habe nichts, was ich dort anziehen könnte. Und das sage ich nicht einfach nur. Es stimmt.«

»Pas de problème. Die Kreditkarte wird uns helfen.«

»Nein, wirklich nicht. Das wäre nicht richtig.«

»Dafür bin ich doch da. Es ist schließlich nur Geld, und davon habe ich jede Menge.«

»Aber ...«

Sie zögerte. Offensichtlich wollte sie gerne mitkommen, hatte aber das Gefühl, sie solle das besser nicht tun. Was hielt sie zurück? Noch vor einem Moment hatte sie mir erlaubt, ihr in aller Öffentlichkeit die Brüste einzucremen, und jetzt tat sie auf einmal so scheu!

»Sieh mal, ich will ganz ehrlich mit dir sein. Ich würde schrecklich gerne mit dir essen gehen, aber mehr will ich nicht. Weißt du, was ich meine?«

»Nein. Erklär es mir.«

Das war die reine Gemeinheit von mir, weil ich genau wußte, was sie sagen wollte. Schließlich hatte ich das Gleiche heute schon einmal von Liv gehört.

»Du weißt ganz genau, was ich meine. Ich werde nicht mit dir schlafen. Und zwar nicht, weil ich dich nicht mag, sondern weil Michelle gesagt hat, sie bringt mich um, wenn ich es tue, und ich glaube, sie meint es ernst.«

»Das ist überhaupt kein Problem. Einfach nur Abendessen. Okay?«

»Okay. Danke. Du bist klasse.«

Na ja. Faszinierend. Die Mädchen durften so weit gehen, wie sie wollten, nur Geschlechtsverkehr war tabu. Oder Michelle würde sie umbringen.

Lächelnd begann ich, vor mich hin zu pfeifen. Was für einen Grund mochte Michelle wohl haben, eine solche Regel aufzustellen? Nur einen einzigen. Sie wollte mich für sich selbst! Am liebsten hätte ich einen Luftsprung gemacht! Oh, ihre großartigen Brüste! Wie oft hatte ich schon verflucht, daß ich die erste Chance bei ihr nicht wahrgenommen hatte! Es gibt keinen schlimmeren Teufel als eine enttäuschte Frau. Jetzt holte sie sich ihren Teil für meine Ablehnung. Sicher, es war eine seltsame Form von Rache, und ich begriff die Logik nicht ganz. Aber immerhin hatte sie mich noch nicht aufgegeben. Meine Zeit würde noch kommen.

Grinsend lag ich am Strand. Das war das richtige Leben. Ich wurde als Sexspielzeug behandelt. Nicht sehr schmeichelhaft für mein männliches Ego. Aber es machte großen Spaß. Als Experte für weibliche Motivation und Mentalität taugte ich wahrscheinlich nicht viel, aber zumindest hatte ich eine Facette der außergewöhnlichen Frauenlogik verstanden. Aus irgendeinem Grund tun Mädchen so, als seien sie schwer zu bekommen. Das hat gar nichts mit Konventionen und Erziehung zu tun. Es steckt einfach in ihnen. Aber wenn man ihnen eine legitime Entschuldigung präsentiert, nehmen sie die dankbar an. Man bestimmt die Regeln des Spiels besser von vornherein, damit es ihnen verwehrt ist, zu weit zu gehen. Tu alles, was du willst, aber schlaf nicht mit ihm. Jetzt ist das Setting perfekt. Das Moralgefühl des Mädchens ist befriedigt, weil sie sich nicht ›danebenbenehmen‹ wird. Gleichzeitig hat sie *carte blanche,* um alles andere auf dem Weg dorthin zu tun.

Ergebnis? Die bizarrste Sequenz von Ereignissen, die ich bisher erlebt hatte.

Nun, ich würde noch ein bißchen mehr erleben. Und dann würde ich vielleicht herausfinden, um was es wirklich ging.

11

Nach dem Strand gingen wir wieder einkaufen, um ein passendes Kleid für Marisette zu finden. Ganz offensichtlich machte ihr das Anprobieren genauso viel Spaß, wie die Aussicht darauf, ein neues Kleid zu besitzen. Wir gingen in drei teure Geschäfte. In jedem bekam ich einen bequemen Stuhl angeboten und eine Tasse Kaffee. In der Zwischenzeit führte die Verkäuferin Marisette die Kleider vor, die für diese Gelegenheit passend waren. Am liebsten hätten sie natürlich Madame etwas auf den Leib geschneidert, aber in einem Ferienort braucht man eben Kleider meistens für sofort.

Marisette wählte ein vielversprechendes Kleid aus und zog sich zurück, um es anzuprobieren. Wenn es ihr gefiel, kam sie aus der Umkleidekabine heraus und präsentierte es mir. In meinen Augen sahen sie alle toll aus, obwohl ich sie ein wenig dahin dirigierte, daß sie nichts kaufen solle, was zu sexy war. Ein üppiger Körper wie ihrer sieht am Strand fantastisch aus, aber in einem Abendkleid besteht immer die Gefahr, billig zu wirken. Also ist es besser, etwas Hochgeschlossenes und Formelles zu wählen. Ihr männlicher Begleiter würde hoffentlich wissen, welche Schätze darunter verborgen lagen, und das glatte, schlichte Äußere würde ihn nur um so mehr dazu veranlassen, mit ihr nach Hause zu gehen und ihr das Kleid vom Leib zu reißen. Mit der Tatsache, daß ich nicht derjenige sein würde, hatte ich mich schon abgefunden.

Schließlich gingen wir zum ersten Geschäft zurück und kauften das allererste Kleid, das sie anprobiert hatte, einschließlich dazu passender Schuhe und Strümpfe. Das Endergebnis war hinreißend, und offensichtlich war sie ganz außer sich vor Aufregung. Das Kleid war wahrscheinlich fünfmal so teuer wie ihre gesamte Garderobe zu Hause. Für mich wäre es zweifellos sehr viel einfacher gewesen, ihr das Geld zu geben und mit ihr zu MacDonald's essen zu gehen. Aber das hätte ihr natürlich nicht annähernd den gleichen Kick verschafft. Dies würde für sie ein einmaliger, denkwürdiger Abend werden.

Schließlich kauften wir noch eine Handtasche und ein komplettes Kosmetikset. Das Geschäft wollte uns die Sachen liefern, aber wohin? Also ließen wir alles in eine riesige Schachtel verpacken, die mit einer großen Schleife zugebunden wurde. Marisette legte den Arm um mich und schmiegte sich beim Gehen eng an mich. Sie war in einer solchen Hochstimmung, daß sie wahrscheinlich bereitwillig auch in das Letzte eingewilligt und sich erst danach über Michelles Morddrohung Gedanken gemacht hätte. Aber ich hatte ehrenhafte Absichten. Ich wollte Michelle und glaubte fest daran, daß ich sie am Ende bekommen würde. In der Zwischenzeit konnte ich warten.

»Hör mal«, sagte ich, »ich brauche auch ein paar Sachen. Ich habe seit gestern meine Kleider nicht gewechselt.«

»Möchtest du nach Hause? Du hast doch gesagt, du wohnst hier in der Nähe.«

»Das stimmt auch, aber jetzt will ich nicht nach Hause.«

»Warum nicht?«

»Weiß nicht. Wahrscheinlich zu viele unglückliche Erinnerungen.«

Sie blickte mich prüfend an, um herauszufinden, ob ich wohl einen Witz machte.

»Ich weiß, was wir machen. Zuerst gehen wir für mich einkaufen, und dann nehmen wir uns ein Zimmer in einem Hotel. Wie willst du dich sonst umziehen? Du kannst nicht unter einem Handtuch am Strand in ein Abendkleid steigen. Die Polizei würde anrücken.«

Sie zögerte.

»Es ist schon in Ordnung. Genau, wie ich gesagt habe. Wir benutzen das Hotelzimmer nur zum Umziehen.«

»Aber ist das denn nicht sehr teuer?«

Plötzlich hatte ich eine Idee.

»Nein, es spart mir sogar Geld.«

»Wie?«

»Mein Auto steht in der Garage des Hotels Croisette. Es kostet mich jede Stunde zehn Francs.«

Marisette keuchte entsetzt auf.

»Wenn wir dort ein Zimmer nehmen, dann ist die Garage kostenlos. Auf lange Sicht kommt mich das bestimmt billiger.«

Also machten wir das so. Ich kaufte mir eine Hose, ein Hemd, Schuhe, Socken und Unterhosen. Meine alten Socken ließ ich im Geschäft zurück und wies den Verkäufer an, sie zu verbrennen. Er fand das nicht allzu lustig, aber der Kunde ist schließlich König. Dann gingen wir zum Hotel. Natürlich kannten sie dort meinen Namen, da ich ja ein Einheimischer war, und dachten sich sofort, daß wir das Zimmer für eine schnelle

Nummer brauchten. Aber der Manager war überaus höflich, zumal ich nicht einmal nach dem Preis für das Zimmer fragte.

Marisette war großartig. Ich hatte ihr versprochen, daß wir das Bett auf keinen Fall benutzen würden, und sie glaubte mir. So brauchte sie nicht großzügiger zu sein, als sie wollte.

»Kann ich mich duschen?«

»Natürlich. Dazu ist die Dusche schließlich da.«

Ich setzte mich aufs Bett, während sie sich auszog. Der Tanga hatte gut ausgesehen. Aber das hier war noch besser.

»Darf ich dir den Rücken schrubben?«

»Ja. Du hast ihn ja mit Öl eingerieben, dann kannst du es auch wieder abwaschen.«

»Und von vorne?«

»Na gut. Es gibt ja nicht viel, was du noch nicht angefaßt hast. Willst du dich nicht auch duschen?«

»Ja.«

»Dann können wir sogar Wasser sparen.«

Also gingen wir gemeinsam unter die Dusche. Ich seifte ihren Körper überall ein und spülte das Öl ab. Manche Körperteile mußte ich mehrmals waschen. Besondere Aufmerksamkeit schenkte ich ihrem intimen Bereich. Ich ließ meine Finger tief zwischen ihre Schenkel vordringen und zog sie dann langsam wieder heraus. Sie hatte nichts dagegen einzuwenden. Dann wuschen wir uns gegenseitig die Haare und spülten sie aus, während wir in einer langen Umarmung dastanden. Zum Schluß trocknete ich sie mit dem flauschigen Hotelbadetuch ab. Manchmal ist es richtig nett, reich zu sein.

Nackt setzte sie sich vor den Schminktisch und bürstete sich die Haare, während ich sie ihr fönte. Natürlich bestand ich darauf, alle ihre Haare, egal wo sie sich befanden, trockenfönen zu müssen, was ihr ein paar Quietscher entlockte.

Schließlich setzte ich mich hin und sah ihr zu, wie sie sich anzog. Strümpfe und Strumpfhalter. Unterwäsche. Kleid. Schuhe. Make-up. Sie brauchte lange dazu, aber wir hatten keine Eile.

»So. Jetzt bin ich fertig.«

»Du siehst großartig aus. Elegant. Göttlich.«

»Danke.«

»Versprich mir nur eins.«

»Ja?«

»Da du nicht meine feste Freundin bist, sorge bitte dafür, daß derjenige, mit dem du dich einläßt, deiner wert ist. Denk daran, wie du jetzt aussiehst, und miß dich dran. In Ordnung?«

»In Ordnung.«

»Dann laß uns gehen. Nein, warte.«

»Was ist?«

»Wir brauchen ein Taxi.«

»Es sind doch nur zweihundert Meter.«

»Das weiß ich, aber du kannst in diesem Kleid unmöglich zu Fuß gehen. Manche Dinge tut man eben einfach nicht.«

»Du bist sehr gut zu mir, weißt du das? Warum eigentlich?«

»Ich habe es dir gerade gesagt. Weil du es wert bist. Denk immer daran.«

Als wir zum Restaurant fuhren, machte ich mir kurz Gedanken darüber, daß ich gar kein Bargeld dabei hatte, um den Taxifahrer zu bezahlen. Kreditkarten nahm er nicht. Aber Gott sei Dank sah mich der

Geschäftsführer des Restaurants kommen und eilte herbei, um uns hineinzugeleiten.

»Würden Sie bitte dem Fahrer zehn Francs geben, Jules?«

»Certainement, Monsieur Spencer.«

Dieser kleine Wortwechsel ließ mich in Marisettes Achtung steigen. Jules führte uns wie Königliche Hoheiten hinein, geleitete uns sofort an einen kleinen Ecktisch in einer Nische, obwohl zahlreiche andere Gäste an der Bar auf einen Tisch warteten, und brachte die Speisekarten. Marisette jedoch war viel zu fasziniert von der Umgebung, als daß sie schon ans Essen denken konnte.

Der Weinkellner eilte herbei.

»Bonsoir, Monsieur Spencer, Madame. Heute abend sind wir in der glücklichen Lage, einen ganz besonderen Wein empfehlen zu können, einen *Pavillon blanc de Chateau Margaux.*«

Er blickte verschwörerisch über die Schulter.

»Der Chef würde es bestimmt nicht gerne hören, aber dieser Wein ist so gut, daß ich Ihnen empfehlen würde, Ihre Speisenfolge danach zusammenzustellen statt umgekehrt.«

»Ja, das mache ich gerne. Danke für Ihren Rat. Können Sie uns bitte zwei Flaschen bringen?«

Er eilte davon.

»Bestell du bitte für mich. Ich kenne die Hälfte all dieser Gerichte gar nicht. Und hinter keinem steht der Preis.«

»In Ordnung. Ich suche dir etwas aus.«

Wir nahmen *Celstine,* eine Hühnerbrühe zum Anfang und dann *Quenelles de volaille.* Als Fleischgang wählte ich *Filet de porc Lorraine,* vielleicht nicht besonders extravagant, aber ich wollte ihr ja eine Freude machen und sie nicht beeindrucken. Als Nachtisch hatten wir *Zabaglione,* mit reichlich Alkohol, aber trotzdem leicht. Der Kellner brachte anschließend die Käseplatte, mit einem köstlichen *Pouligny St. Pierre.* Zum Abschluß tranken wir Likör.

Nach dem Essen fühlte ich mich satt und sehr zufrieden. Es ist nett, wenn man seinen Reichtum gelegentlich zeigen kann. Ich glaube, auch Marisette hätte das Spiel am liebsten immer weitergespielt. Dicke Teppiche, teurer Wein, gutes Essen, Likör, Kerzenlicht, das alles trägt bei zu dem Gefühl von Reichtum und Luxus. Aber in jedem von uns steckt auch der Wunsch, dem allem noch die Krone aufzusetzen, und in einer solchen opulenten Umgebung wird der Wunsch sogar noch stärker. Mir sollte dieser Wunsch erfüllt werden.

Marisette saß mit dem Gesicht zur Tür, obwohl unser Tisch weit davon entfernt in einer Ecke war. Plötzlich nahm ihr Gesicht einen wachsamen Ausdruck an.

»Da kommt Michelle. Mon Dieu! Ich möchte jetzt wirklich nicht mit ihr reden.«

Zu meinem Erstaunen tauchte sie plötzlich unter den Tisch ab. Sie verschwand einfach. Glücklicherweise reichte die Leinentischdecke bis zum Boden, so daß niemand sie sehen konnte. Ich allerdings kam mir ein bißchen albern vor, weil ich auf einmal allein am Tisch saß.

Ich hoffte, Michelle würde vorbeigehen, aber offensichtlich suchte sie nach mir, weil sie durch das ganze Restaurant lief und in jede Ecke schaute. Sie trug Jeans und Sandalen und sah in dieser vornehmen Umgebung entschieden schäbig aus. Jaques war bei ihr, und wie ich war er dem Geschäftsführer wohlbekannt, weil er viel Geld ausgab. Sonst hätte er Michelle wohl höflich vor die Tür gesetzt. Schließlich fanden sie meinen Tisch.

»Oh, hallo, Philip.«

»Hallo. Sucht ihr mich?«

»Nein, nein. Wir wollten nur etwas essen.«

Sie blickte betont auf den leeren Platz.

»Ich würde euch ja bitten, euch zu mir zu setzen, aber wir sind leider gerade fertig geworden.«

»Mit wem bist du hier?«

»Oh, mit niemanden, den du kennst.«

An diesem Punkt spürte ich zu meinem Entsetzen eine Hand an meiner Hose. Marisette hatte irgendeinen Unsinn vor. Trotz der Situation, oder vielleicht gerade deswegen, reagierte ich mit einer gewaltigen Erektion. Marisette rieb sanft über die Ausbuchtung. Ich fühlte mich ziemlich unbehaglich und verkrampft.

»Wohin ist sie denn gegangen?«

»Ach, zur Toilette. Woher weißt du, daß es eine Sie ist?«

Michelle wies auf die Handtasche, die auf dem Tisch stand.

»Es muß eine Sie sein. Es sei denn, du hast einen sehr extrovertierten schwulen Freund, den ich nicht kenne.«

Plötzlich gab ich ein hohes Quieken von mir. Marisette hatte meinen Reißverschluß geöffnet und meinen schmerzenden Freund aus seinem Käfig befreit.

»Wie bitte?«

»Ich habe nichts gesagt.«

Etwas Weiches und Feuchtes schloß sich um meinen Penis. Ich hätte am liebsten Marisettes Kopf weggeschoben, aber ich wußte, das würde nicht leicht sein. Außerdem dachte sie dann vielleicht, ich sei sehr prüde.

»Philip, warum rutschst du so herum?« fragte Jaques.

»Tue ich gar nicht.« Verdammt, meine Stimme war schon wieder so hoch.

»Nun?« fragte Michelle.

»Nun was?« Ich schwitzte heftig und versuchte, Marisettes feuchte Lippen zu ignorieren.

»Mit wem bist du hier?«

»Mit einem Mädchen, das ich am Hafen kennengelernt habe. O Gott. Kurz nachdem ich von euch weggegangen bin.«

Das war Folter. Eine köstliche Folter. Ich konnte spüren, wie Marisettes Kopf sich auf und ab bewegte und wie ihre Zunge mit meinem Penis spielte. Verzweifelt packte ich die Armlehnen meines Stuhls, aber ihre Hände glitten über meine Hose bis hinauf zum Stuhl. Sie löste meine Finger von den Armlehnen und führte meine Hände an ihre Brüste. Sie waren weich, und ich spürte, wie ihre Brustwarzen härter wurden.

»Ist sie hübsch?«

Marisette konnte jedes Wort verstehen. Als Michelle diese Frage stellte, spürte ich ihre Zähne, als wolle sie mich auffordern, die Frage besser zu bejahen.

»Ja. Sehr … hübsch. Aah. Sie ist aus Lyon.«

Mein Atem kam mittlerweile stoßweise, was das Sprechen erschwerte. Aber es war keiner meiner Anfälle von Atemnot. Das hier war eine ganz andere Erfahrung.

»Nimmst du irgendwelche Medikamente, Philip?« fragte Jaques besorgt. »Du kannst nicht stillsitzen, und deine Stimme klingt so komisch. Hast du ein Problem?«

»Ich habe kein Problem. O Jesus ... Nein, kein Problem.«

Verdammt. Sie hatten beide gemerkt, was vor sich ging und zögerten ihr Gehen absichtlich hinaus. Und ich konnte hier im Restaurant, mit all den anderen Gästen, nichts dagegen machen.

»Ich bin froh, daß wir dich gefunden haben«, sagte Michelle. »Heute abend ist wieder eine Party.«

»Oh, gut. Sind ... sind wir eingeladen?« Ich wischte mir die Stirn mit der Serviette ab, kämpfte gegen den Orgasmus an und hoffte, daß Michelle und Jaques weggehen und Marisette sich zurückhalten würde.

»Wir gehen noch nicht hin. Wir warten.«

»Auf was? Himmel ... Uff! Auf was wartet ihr?«

»Darauf, daß deine Freundin von der Toilette zurückkommt. Sie kann ja nicht ewig dort bleiben.«

Es ging nicht mehr. Ich konnte nicht mehr dagegen ankämpfen.

»Viel... vielleicht ist sie mir weggelaufen.«.

Meine Zähne begannen zu klappern. Ich schloß verzweifelt die Augen. Hoffentlich war Marisette auf das Unvermeidliche vorbereitet.

»Das bezweifle ich. Schließlich hat sie ihre Tasche hiergelassen.«

»Wahrscheinlich hat sie ... O Gott. Oh, das ist toll!«

Ich gab den Kampf auf, stieß ein ersticktes Stöhnen aus und ließ den Dingen ihren Lauf. Marisette machte keine Umstände und schien damit fertig zu werden, ohne mit der Wimper zu zucken. Außerdem bekam Jaques zum Glück einen Hustenanfall, der den Lärm, den ich machte, zum größten Teil verschluckte.

»Na gut«, sagte Michelle, nachdem sich der Sturm gelegt hatte. »Wir müssen gehen. Du kommst doch zur Party, oder?«

»Natürlich. Wo findet sie denn statt?«

»Ach so. An keinem besonderen Ort. Wir wollten uns einfach im Yachtclub treffen. Zwischen elf und zwölf. Bis dann.«

Damit gingen sie und setzten sich an einen anderen Tisch. Ich zitterte vor nervöser Anspannung. Marisette packte mein geschrumpftes Untier wieder in seinen Käfig und zog den Reißverschluß hoch.

»Kann ich jetzt wieder herauskommen?«

»Ja ... Nein.«

Ich drückte ihren Kopf unter den Tisch zurück, da der Geschäftsführer kam.

»Ist alles in Ordnung, Monsieur Spencer?«

»Ja, danke, Jules. Exzellent wie immer. Mein Kompliment an den Küchenchef.«

»Danke, Monsieur. Fühlt sich Madame nicht wohl?«

»Ich glaube, sie wollte nur kurz an die frische Luft. Ihr war sehr heiß. Sie ist bestimmt gleich wieder zurück.«

»Sehr gut, Monsieur.«

Er ging wieder, sah aber noch mehrmals unglücklich in unsere Richtung. Verdammt! Er wußte, daß irgend etwas nicht stimmte. Ich begegnete Jaques' Blick und wies mit dem Kopf in Jules' Richtung. Er reagierte sofort und winkte Jules, der pflichteifrig herbeieilte.

»Schnell! Jetzt!«

Marisette glitt unauffällig auf ihren Stuhl zurück

»Puh! Es war ganz schön heiß da unten.«

»Hier oben war es auch ziemlich heiß. Das war eine

der peinlichsten Erfahrungen, die ich je gemacht habe.«

»Ziemlich ungewöhnlich, nicht wahr?«

»Echter Wahnsinn. Der Geschäftsführer hat Verdacht geschöpft. Ich glaube, wir sollten besser gehen, bevor er uns hinauswirft.«

Ich verlangte die Rechnung. Jules eilte herbei, ganz verblüfft über Marisettes Wiederauftauchen.

»Ich hoffe, es geht Madame wieder gut?«

»Ja, danke. Und danke für das köstliche Essen.«

»Es ist uns ein Vergnügen, Sie als Gäste begrüßen zu dürfen. Danke, Sir. Gute Nacht, Monsieur, Madame.«

12

Wir schlenderten zu unserem Hotel zurück. Marisette wollte nicht in ihrem neuen Abendkleid auf die Party gehen, und ich reimte mir jetzt zusammen, daß sie sich unter dem Tisch versteckt hatte, damit Michelle das Kleid nicht sah. Sie hatte nichts anderes zum Wechseln als den Tennisdreß, doch es gab keinen Grund, ihn als nicht passend anzusehen. Natürlich hätte sie zu Jaques' Haus zurückgehen und etwas aus ihrem Koffer holen können, aber offensichtlich wollte sie nicht dorthin. Wir erlebten beide einen kleinen Traum, sie in einer fremden, reichen Welt, deren Türen ihr vor kurzem noch verschlossen gewesen waren, und ich hatte zum ersten Mal meine Schwäche und meine schlechte Gesundheit vergessen. Keiner von uns beiden wollte den Zauber brechen.

Wir gingen zum Yachtclub und tranken schon einmal etwas, während nach und nach die Partygäste eintrafen. Die meisten Gesichter kannte ich von Pierres Party, aber es gab auch ein paar neue. Besonders ein Mädchen fiel mir auf. Sie war groß, fast einsachtzig, hatte ebenholzschwarze Haut, und ihre Haare waren zu lauter kleinen Zöpfchen geflochten, von denen jedes mit einem bunten Band umwickelt war. Als ich sie ansah, fiel mir auf, daß sie mich genau musterte. Mein Mund wurde trocken. Könnte das die nächste sein, die Michelle mir zugedacht hatte? Meine Gedanken überschlugen sich. Sie musterte mich träge unter halbgeschlossenen Lidern, als wolle sie mich abschätzen. Entsprach ich ihren Erwartungen? So war ich noch nie angesehen worden, fast wie ein Stück Fleisch, und ich muß sagen, es erregte mich.

Warum war ich eigentlich nicht müde? Zu Beginn dieser Woche hätte ich es unmöglich gefunden, einen ganzen Tag ohne ausgiebigen Mittagsschlaf zu überstehen. Und jetzt war ich schon seit vierundzwanzig Stunden auf den Beinen und hatte immer noch nicht genug. Welche besonderen Festlichkeiten hatten die Organisatoren wohl für heute nacht im Sinn? Michelle hatte gesagt, es würde ›nichts Besonderes‹ sein. Das bedeutete wahrscheinlich, daß alles möglich war.

Gegen Mitternacht waren alle ziemlich betrunken. Der Yachtclub war brechend voll. Michelle und Jaques waren auch gekommen und vergnügten sich damit, irgendeine witzige Geschichte jedem zu erzählen, der sie hören wollte. Der Lärm und das ständige Gelächter und Gekreische machten Gespräche fast unmöglich. Irgendwann dachte ich, daß wir besser nicht die Autos nehmen sollten, wenn wir noch irgendwohin wollten. Die normalerweise nachsichtige Polizei von Festigny hätte uns sonst alle verhaften müssen.

Zu meiner Überraschung klatschte Gunther auf einmal in die Hände und bat um Ruhe.

»Liebe Leute, ich habe eine kleine Party vorbereitet. Es gibt ein bißchen was zu trinken, ein paar Würstchen und andere Köstlichkeiten. Mein Freund Pierre wird euch geleiten, während ich vorauseile, um zu überprüfen, ob alles in Ordnung ist. Pierre, ich glaube, eine kleine Polonaise wäre jetzt angebracht.«

Also führte Pierre die Gruppe aus dem Yachtclub.

Jeder Gast umfaßte die Taille desjenigen, der vor ihm war. Zunächst hatte ich meine Hände noch fest auf Marisettes Hüften gelegt, aber in dem Durcheinander, das entstand, verschwand sie, und auf einmal befand ich mich hinter dem großen Mädchen.

Prüfend musterte ich ihr Hinterteil. Fest und rund, fast majestätisch. Ich beugte mich vor und drückte einen Kuß darauf. Dann aber verließ mich plötzlich mein Selbstbewußtsein. Was tat ich da? Angenommen, sie war einfach nur eine Touristin und gehörte gar nicht zu Michelles Sturmtruppe? Dann würde sie mein Benehmen sicher unverschämt finden. Sie machte jedoch keine Einwände. Ermutigt faßte ich sie um die Taille.

Wohin mochten wir wohl gehen? Hoffentlich zum Strand. Aber nein. Pierre führte uns durch eine der Seitenstraßen, über den Marktplatz und in den westlichen Teil des Ortes. Bald stiegen wir den Pfad zum Promontoire hoch. Als der Weg steiler wurde, löste sich die Polonaise auf, weil die Leute es vorzogen, paarweise zu gehen. Ich legte meinen Arm um das dunkelhäutige Mädchen.

»Mein Name ist Philip. Wie heißt du?«

»Sylvie.«

»Weißt du, wohin wir gehen?«

»Nein. Ich folge nur den anderen.«

»Weißt du denn, was passiert, wenn wir da sind?«

»Nun, vielleicht.«

»Wirklich? Was denn?«

»Gunther hat Stoff da.«

»Stoff? Was meinst du damit?«

»Ach, das weißt du doch.«

»Nein.«

Sie lachte. »Dann warte ab.«

Dieses Mal hatte sie englisch geredet.

»Oh! Du sprichst ja englisch. Aber dein Französisch ist ebenfalls hervorragend.«

»Ich bin aus Jamaica. Mein Vater ist im internationalen Zuckergeschäft tätig, mit Filialen in vielen Ländern. Wir haben ein paar Jahre in Paris gewohnt.«

Ich war immer noch beschwipst von dem Wein, und während wir den Pfad hochstiegen, legte ich mit dem Mut des Betrunkenen den linken Arm um sie. Die rechte Hand schob ich unter ihren Pulli, bis ich auf einen weichen Hügel stieß.

Sie wich zurück.

»Hey! Du bist ja ganz schön frech! Mach mal langsam, die Nacht ist noch jung.«

»Tut mir leid, ich bin ein bißchen betrunken.«

»Eher ein bißchen geil, wenn du mich fragst. Was soll die Eile? Laß dir Zeit und beruhige dich. Entspann dich. Hier, ich zeige es dir.«

Sie zog mich vom Weg weg unter die Bäume.

»Meinst du nicht, wir verlieren die anderen?«

»Wir finden sie schon wieder. Versuch das mal.«

Sie zog ein Plastikpäckchen unter ihrem Rock hervor, das wohl in ihrem Höschen gesteckt haben mußte. In dem schwachen Licht konnte ich nur wenig erkennen, aber es sah so aus, als ob sie eine Zigarette drehte. Der Tabak war sehr grob und schien feste Bestandteile zu enthalten.

»Hast du so was schon mal geraucht?«

»Nein. Ich habe überhaupt noch nie geraucht.«

»Oh, Mann! Also, inhaliere vorsichtig, sonst mußt du husten. Verstanden? Zieh den Rauch in deine Lungen und behalt ihn so lange darin, wie du kannst.«

»Ist das denn kein Tabak?«

»Natürlich nicht, du Baby! Es ist ein Joint! Ghanja. Gras. Heu. Schau mir zu!«

Sie zündete die Zigarette an und inhalierte. Dann hielt sie den Atem an und gab mir den Joint.

»Hier. Versuch's.«

Ihre Stimme klang gepreßt von der Anstrengung, den Rauch in den Lungen zu behalten. Es roch süßlich. Ich sollte das wahrscheinlich nicht tun, dachte ich, schließlich habe ich ein Atemproblem.

Aber ich tat es doch und bekam prompt einen heftigen Hustenanfall. Dann versuchte ich es noch einmal, entschlossen, mich nicht zu blamieren. Der Rauch blieb auch in meinen Lungen, aber ich traute mich nicht zu reden. Ich reichte ihr den Joint zurück.

»Guter Junge.« Sie zog noch einmal. »Weißt du, woher das Zeug kommt?«

Ich schüttelte den Kopf und kämpfte einen weiteren Hustenanfall nieder.

»Aus den Blauen Bergen. In Jamaica. Was Besseres findest du nirgendwo.«

Ich verlor den Kampf und mußte schon wieder husten.

»Ja, es ist bestimmt gut. Ich versuche es noch einmal.«

Wir rauchten den Joint zu Ende, wobei ich Sylvie den Löwenanteil überließ. Trotzdem wirkte das Zeug schon bei mir. Ich fühlte mich wie im Traum. Als ich die Hand ausstreckte, um ein Glühwürmchen zu fangen, taumelte ich und fiel hin. Sylvie fing an zu lachen, und ich stimmte ein. Ich lag auf dem Bauch, kicherte unbeherrscht und fand das ganze Leben furchtbar komisch.

»Sylvie! Oh, wow!«

»Bist du jetzt entspannter, Mann?«

»Total entspannt.«

Wieder kringelte ich mich vor Lachen.

»Kannst du aufstehen?«

»Ich weiß nicht. Ich versuch's mal.«

Ich schaffte es bis auf die Knie, und dann fiel ich wieder hin, wobei ich ein Stück den Abhang hinunterrollte. Schließlich hievte Sylvie mich hoch. Ich legte den Arm um sie und schob meine Hand wieder unter ihren Pulli. Meine Finger trafen auf warmes Fleisch, und diesmal hatte sie nichts dagegen.

»Oh, wow! Sylvie, du bist so schön, ich liebe dich, weißt du das? Du bist gut für mich. Bleib heute nacht bei mir.«

»Vielleicht. Aber jetzt suchen wir erst einmal die anderen. Und fall nicht wieder hin, sonst rollst du noch den Berg hinunter.«

Schwankend stiegen wir den Weg hinauf. Mir kam es wie harte Arbeit vor. Warum soll ich mich anstrengen, dachte ich, hier ist es doch auch schön.

»Komm, wir ruhen uns ein bißchen aus. Nur, damit ich zu Atem komme.«

Wir blieben stehen und blickten hinunter auf den Hafen, der nur noch von wenigen Lichtern erleuchtet war.

»Ist das nicht großartig?« sagte ich. »Schau mal, das Meer ist pink. Na ja, eigentlich rot. Ist das nicht die tollste Aussicht, die du je gehabt hast?«

»Komm schon, sonst verpassen wir das Beste.«

»Das Beste? Das hier ist das Beste.«

Ich fummelte an ihren Brüsten herum.

»Oh, Sylvie, ich liebe dich. Schlaf mit mir.«

»Nein. Jetzt komm schon.«

Wir schwankten weiter den Weg entlang, und mein Kopf wurde allmählich wieder klarer. Vor mir konnte ich die Lichter der Hauptgruppe sehen. Irgend jemand, wahrscheinlich Gunther, hatte auf einer Lichtung eine Paraffinlampe auf einen Tisch gestellt. Motten und Fliegen schwirrten darum herum. Als wir ins Licht traten, wurden wir jubelnd empfangen. Schuldbewußt zog ich meine Hand unter Sylvies Pulli hervor. Möglicherweise standen Marisette und Michelle irgendwo im Dunkeln und beobachteten mich. Sie mußten mich ja für ziemlich unbeständig halten. Andrerseits – was sollte das? Ich schob die Hand wieder zurück. Irgendwie schien sie dorthin zu gehören.

Sylvie führte mich zum Tisch. Es lagen tatsächlich ein paar Würstchen darauf, wie Gunther versprochen hatte. Wahrscheinlich hatte er sie dorthin gelegt, um neugierige Fragen der Polizei zu vermeiden, falls sie zu den Vorbereitungen hinzugekommen wäre. Keiner der Gäste zeigte auch nur das leiseste Interesse an ihnen. Sie waren viel interessierter an dem, was Gunther als ›andere Köstlichkeiten‹ bezeichnet hatte. Es gab Marihuana, nicht so zerhackt wie das Sylvies, sondern ganze Blätter, allerdings ohne Zweige. Und dann gab es noch verschiedene bunte Pillen. Gunther überwachte die Verteilung einer weißen, kristallinen Substanz, und Sylvies Augen begannen zu leuchten.

»Das habe ich gemeint«, flüsterte sie.

»Hallo, Schöne«, sagte Gunther zu Sylvie mit seinem untadeligen Akzent. »Möchtest du ein bißchen Schnee?«

Sylvie stippte einen Finger in das Pulver und probierte es. Ich folgte ihrem Beispiel. Es schmeckte bitter, und sofort wurde meine Zunge taub.

»Bitte«, erwiderte Sylvie.

Er reichte ihr ein Papierpäckchen. Ich vergaß, daß ich möglicherweise im Moment Gunthers größter Feind war, falls er in der Zwischenzeit Liv nackt gesehen hatte, und drängte mich vor.

»Kann ich auch etwas haben?«

»Natürlich, Philip.«

Ich erhielt ebenfalls mein Päckchen und sah mich nach Sylvie um. Was sollte ich bloß mit dem Pulver machen?

»Du brauchst einen Strohhalm«, murmelte sie und wies auf eine Schachtel mit Trinkhalmen auf dem Tisch.

So ausgerüstet folgte ich ihr zu einer kleinen Lichtung, wo sie einen großen, flachen Felsen aussuchte. Sie griff in ihr Höschen und zog das Plastikpäckchen wieder hervor, das offensichtlich auch eine Rasierklinge enthielt. Dann breitete sie das Papier aus und zerhackte das körnige Pulver sorgfältig.

»Ist das Zeug eigentlich teuer?«

»Wie Goldstaub.«

»Warum ist Gunther dann so großzügig damit?«

»Investition in die Zukunft.«

»Wie meinst du das?«

»Wenn du morgen noch was von ihm haben willst, läßt er dich dafür bezahlen. Und dann ist es auch mit Glukose gestreckt. Dieser Stoff hier ist der Lockvogel. Und er ist ganz rein.«

Zufrieden mit ihrer Arbeit breitete sie das Pulver gleichmäßig auf dem Papier aus und teilte es in dünne Linien auf. Dann nahm sie ihren Strohhalm, hielt ihn an ihr rechtes Nasenloch und sog ein paar Linien ein.

Ihr Oberkörper fiel zurück, und ihre Augen schimmerten feucht. Für mich sah es eher wie eine unangenehme Erfahrung aus. Sie wies auf das Papier und forderte mich auf, es ihr nachzumachen.

»Nun mach schon. Du brauchst keinen Schiß zu haben.«

Ich zögerte. Ich bin ein Feigling, wenn es um irgend etwas Medizinisches geht, und daran erinnerte mich das Ganze.

Aber ich war immer noch high von dem Ghanja, und nichts und niemand würde mich heute nacht daran hindern, alles auszuprobieren. Wagemutig hielt ich den Strohhalm zwischen das Papier und meine Nase und schniefte.

Dabei ging ich so ungeschickt vor, daß weniger als die Hälfte des Pulvers in meiner Nase landete. Aber trotzdem traf mich der Schlag mitten zwischen die Augen. Mit kribbelnder Nase zuckte ich zurück. Die Tränen rannen mir übers Gesicht, und ich setzte mich hin und wartete darauf, daß der Schmerz nachließ. So kann man doch keine Nase behandeln, dachte ich.

Eine angenehme Erfahrung? Na, ich weiß nicht. Aber innerhalb weniger Minuten setzte die Wirkung ein, und ich flog davon. Ich fühlte mich völlig unbeschwert, zu allem fähig. Begeistert starrte ich Sylvie an und dachte, wie toll sie aussah.

»Oh ... Sylvie. Wie schön du bist ...«

»Fliegst du?«

»Völlig abgehoben. Komm her.«

»Gleich.«

Sie faltete das Papier wieder zusammen und achtete sorgfältig darauf, daß nichts von dem Pulver verlorenging. Dann verstaute sie das Papier, zusammen mit meinem, in ihrem Plastikpäckchen, das sie wieder in sein warmes Versteck schob.

»Komm her«, sagte ich noch einmal.

»Schon gut, schon gut.«

Ich griff nach ihrem Arm, zog sie hinter einen Baum und in die Büsche. Zwar merkte ich, daß mir Dornen das Gesicht zerkratzten, ich aber spürte keine Schmerzen. Ihr Pulli faszinierte mich, und ich wäre am liebsten hineingeschlüpft. Vorsichtig schob ich meine Hände darunter und folgte ihnen mit meinem Kopf. Es war nett und warm. Und weich. Ich erkundete ihre dunkle, seidige Haut mit meinen Lippen und knabberte an allem, was vorstand. Sie lag einfach passiv auf dem Rücken und starrte in den Sternenhimmel.

Ich wußte nicht genau, was jetzt tun. Zwar war mir klar, daß ich soviel wie möglich von ihr berühren wollte, aber ich hatte kein Gefühl für die Richtung. Wir lagen ungefähr eine halbe Stunde da, sie tat nichts, und ich küßte ihre Brüste und ihren Bauch. Es war nicht so, daß ich mich nicht traute, ich war einfach nur zufrieden mit dem, was mir beschert wurde. Und auch sie schien vollkommen bezaubert zu sein, schickte wohl wundervolle Gedanken zum Nachthimmel und duldete diesen komischen Mann, der sie streichelte.

Als die Wirkung der Droge nachzulassen begann, fiel mir ihr kleines Plastikpäckchen mit dem himmlischen Inhalt wieder ein. Ich fummelte danach unter ihrem Rock, und sie seufzte zufrieden auf. Da ich das Päckchen nicht finden konnte, mußte ich genauer hinblicken, also zog ich meinen Kopf unter dem Pullover hervor und schob ihn unter den Rock. Immer noch dunkel. Immer noch warm. Verdammt, ich sah überhaupt nichts. Ich mußte ihr wohl das Höschen ausziehen. Das war wichtig, sonst würde ich das Päckchen nie finden. Es gelang mir, ihren Slip halb bis zu den Knien herunterzuziehen, aber weiter kam ich nicht, da mein Kopf im Weg war. Also schlang ich beide Arme um ihre dunklen Schenkel und hob sie an. Jetzt konnte ich genauer hinsehen.

Da war es! Es lag auf ihrem Bauch. O nein, das war nur ein Büschel schwarzer Haare. Plötzlich vergaß ich das Päckchen. Gab es hier nicht etwas viel Wichtigeres und Spezielleres, genau hier in dem Bereich, in dem ich suchte? Etwas viel Kostbareres, Unbezahlbares und unendlich Ersehntes? Ja, das gab es. Ich faßte dorthin und fühlte etwas Weiches, Feuchtes. Meine Finger glitten über eine feuchte Spalte und begannen eine langsame, schlüpfrige Reise in eine enge Höhle, die sich meiner tastenden Hand darbot. Dunkel. Geheimnisvoll. Und so feucht!

Ich hatte keine Ahnung, wonach ich eigentlich suchte, aber ich fand eine kleine, fleischige Erhebung, die ich für äußerst wichtig hielt. Ich versuchte sie zu streicheln, aber sie wurde hart und entschlüpfte meinen Fingern. So dunkel. So naß.

Mehr als alles andere auf der Welt sehnte ich mich danach, in sie einzudringen. Es ging nicht um Sex, es war nur so ein Gefühl, als wäre alles in Ordnung, wenn es mir gelänge, tief in ihr zu verschwinden. Voller Hoffnung preßte ich mein Gesicht auf den feuchten, geschwollenen Spalt, aber es war natürlich unmöglich. Ich konnte nicht mehr die umgekehrte Reise wie bei meiner Geburt machen, dazu war ich zu groß und zu unbeholfen.

In meiner Sehnsucht nahm ich meine Lippen und meine Zunge zu Hilfe. Ich schmeckte Salz und stieß wieder auf die harte kleine Knospe. Sie war immer noch schlüpfrig, aber meine Lippen waren klüger als meine Finger und hielten sie fest. Ich spielte mit der Zungenspitze daran herum, und endlich reagierte Sylvie. Sie stöhnte laut, spreizte ihre Beine noch mehr und schlang sie um meinen Rücken. Das machte Spaß! Mit den Händen packte ich wieder ihre Brüste und begann sie langsam zu kneten, wie Teig in der Backstube. Sofort verfiel sie wieder in ihre Passivität und rührte sich nicht mehr. Wieder kitzelte ich sie mit der Zunge und knabberte ein wenig an den feuchten, offenen Lippen, die sich mir entgegendrängten.

Und sofort begann sie erneut zu stöhnen, dieses Mal heftiger. Mir war vage bewußt, daß ich noch etwas anderes tun sollte. Das war noch nicht das Ende des Weges, ich mußte mit etwas anderem hineinstoßen in diese feuchte Höhle, mit etwas Starkem und Hartem. Aber mein Stab war hoffnungslos schlapp. Leblos, schlaff, lustlos und völlig desinteressiert an der Situation. Na ja, er hatte auch einen anstrengenden Tag hinter sich. Außerdem schienen dieses Ghanja und dieser Schnee zwar alles mögliche zu versprechen, aber nichts einzuhalten. Ohne jedes Bedauern arbeitete ich unermüdlich weiter an meiner kleinen fleischigen Freundin. Ich leckte sie, schmeckte ihren salzigen Geschmack, neckte sie, stupste sie an und saugte an ihr. Langsam gewann ich Sylvies Aufmerksamkeit zurück. Sie begann heftiger zu atmen, und ihre Nippel wurden hart unter meinen Händen. Mit jedem Atemzug stieß sie einen langen, sehnsüchtigen Seufzer aus, als sei das Leben ihr zu schwer.

Meine Zunge begann bereits zu schmerzen. Komm schon, komm schon ... Und schließlich war sie soweit. Ihre Seufzer folgten einander schneller, ihr Atem wurde flacher, und mit einem Schrei flog sie ins Paradies. Ich entspannte mich und nahm mir Zeit, die süße Flut ihrer Feuchtigkeit zu genießen. Dann hob ich meinen Kopf und atmete die frische, klare Luft ein.

Zufrieden mit meiner Nachtarbeit fiel ich in tiefen Schlaf.

13

Am nächsten Morgen weckte mich die Sonne. Es war schon nach neun Uhr. Ich lag immer noch auf der Lichtung, wo die Unziemlichkeiten der letzten Nacht stattgefunden hatten, doch von Sylvie war nichts zu sehen. Mühsam stand ich auf, streckte mich und blickte mich um. Im Unterholz sah ich ein oder zwei schlafende Gestalten, aber alle anderen waren offensichtlich verschwunden.

Langsam ging ich den Hügel hinunter. Wie fühlte ich mich nach einem Tag voller Schwelgerei, an dem ich mich wie ein Caligula oder der Marquis de Sade aufgeführt hatte? Ich fühlte mich großartig! Kein Kater, kein Bedauern, keine Kurzatmigkeit, kein Herzstolpern!

Ich schlenderte nach Festigny hinein, fest entschlossen, zu Fuß zur Villa zurückzugehen. Dann fiel mir der VW ein. Es wurde Zeit, daß ich aus dem Hotel auscheckte, für das ich soviel bezahlt hatte. Obwohl meine Kleidung zerknittert und voller Grasflecken war, ging ich in die Hotellobby und beglich die Rechnung. Mit dem VW fuhr ich zurück zu Armands Werkstatt. Mittlerweile müßte den Porsche ja repariert haben.

»Alles erledigt! Der Wagen ist fertig.«

Ich kannte Armand seit Jahren, deshalb fiel mir auf, wie zögernd er mir die Rechnung reichte. Irgend etwas stimmte nicht. Ich blickte auf die Summe und stellte fest, daß es beträchtlich weniger war, als ich erwartet hatte. Warum?

»Stimmt irgendwas nicht?« fragte ich und blickte ihn prüfend an.

»Pas du tout. Alles in Ordnung, Monsieur.«

Normalerweise akzeptiere ich ohne Nachfragen alles, was man mir sagte. Aber in meinem neuen Lebensgefühl wollte ich der Sache auf den Grund gehen.

»Sie sehen so aus, als seien Sie über irgend etwas unglücklich.«

Er zögerte. »Haben Sie das Auto vielleicht mal irgendwo anders zum Reparieren gegeben?«

»Natürlich nicht. Sie wissen doch, daß ich ihn immer hierher bringe. Warum?«

»Ein Bolzen fehlte.«

»Das klingt nicht so tragisch. Vielleicht ist er herausgefallen.«

»Das glaube ich nicht. Es war der Bolzen vom Lenkrad, und er ist zusätzlich durch eine Schraube gesichert. Ich habe noch nie erlebt, daß bei einem Porsche dieser Bolzen verlorenging, Monsieur. Noch nie.«

»Vielleicht haben sie ihn bei der letzten Inspektion vergessen. Er kann doch nicht so wichtig sein, schließlich bin ich seitdem mit dem Auto die ganze Zeit herumgefahren.«

»Es gibt keinen Grund dafür, diesen Bolzen bei der Inspektion zu entfernen. Und er ist in der Tat äußerst wichtig. Wenn er bei einem Aufprall zum Beispiel herausgefallen wäre, hätten Sie nicht mehr lenken können und die Kontrolle über das Fahrzeug verloren. Es wäre mir sehr unangenehm, wenn so etwas bei einem Wagen passieren würde, für den ich verantwortlich bin. Ich habe den Unfall Ihres Vaters noch nicht vergessen. Diese Bergstraßen sind gefährlich, deshalb muß das Auto in erstklassigem Zustand sein.«

»Natürlich, und ich bin Ihnen auch sehr dankbar, daß Sie den Fehler entdeckt haben. Allerdings finde ich keine Erklärung dafür, wie es passiert sein könnte.«

»Ich habe auf jeden Fall den Wagen gründlich überprüft.«

Er glaubte immer noch nicht, daß nicht ich das Problem irgendwie verursacht hatte. Und ich vermutete, trotz seiner Einwände, daß er bei der letzten Inspektion einfach etwas übersehen hatte. Aber ich wollte nicht mit ihm darüber streiten, rundete die Rechnung mit meiner Kreditkarte beträchtlich auf, dankte ihm für seine Aufmerksamkeit und für den VW und fuhr davon.

Noch immer hatte ich keine Lust, nach Hause zu fahren, also kaufte ich mir eine Tafel Schokolade und fuhr die Corniche entlang. Der Wagen schnurrte wie eine Katze, und ich schnurrte vor lauter Wohlbehagen gleich mit. Ich aß einen Riegel Schokolade und kam mir vor, als täte ich etwas Verbotenes. Es war erstaunlich, wie ich mich verändert hatte, seitdem Michelle da war. Henri hatte mir verboten, Süßigkeiten zu essen, beziehungsweise überhaupt zwischen den Mahlzeiten zu essen. Und bis jetzt hatte ich seine Anweisungen immer befolgt. Aber auf einmal wollte ich mein eigener Herr sein, und ich wollte das tun, was mir beliebte. Außerdem fühlte ich mich großartig. Ein Anfall von Atemnot oder Herzbeschwerden waren nicht in Sicht.

Was hatte Michelle damals an unserem ersten Tag am Strand gesagt? Mein Problem sei zumindest zum Teil psychischer Natur. Hatte sie recht gehabt? Meine Atemnotanfälle kamen immer dann, wenn ich unter Streß stand. Ich beschloß, ein Experiment zu machen, hielt in einer Haltebucht an, stieg aus und blickte auf das Meer mit seinen weißen Schaumhauben hinunter. Eine Minute lang stellte ich mir vor, ich würde dort, wie die anderen jungen Männer in meinem Alter, windsurfen, furchtlos, ein Teil der Natur, in vollkommenem Gleichklang mit Wind und Wasser. Wenn es mir wirklich besserging, konnte ich das durchaus wagen. Ich würde es zumindest versuchen.

Mein Herz schlug stetig, und mein Atem ging ruhig. Absichtlich begann ich schneller zu atmen – immer schneller, bis ich hechelte wie ein Hund. Plötzlich begannen meine Lippen zu prickeln, wie bei einem echten Anfall, und in meinen Füßen fing es an zu stechen. Voller Panik versuchte ich, wieder normal zu atmen, aber es gelang mir nicht. Mein Herz hämmerte, und meine Lungen schmerzten. Es war schrecklich, genauso schlimm wie bei einem echten Anfall. Würde ich hier sterben? Auf diesem Hügel, ein Opfer meines eigenen dummen Experiments?

Was hatte Michelle zu mir gesagt? Leg die Hände schalenförmig über den Mund und atme hinein. Es klang absurd, schließlich wollte ich meinen Atemspielraum nicht noch weiter begrenzen. Aber ich versuchte es dennoch, obwohl es eine Entschlossenheit verlangte, die ich mir nicht hatte vorstellen können. Ich legte die Hände wie eine Kuppel über meinen Mund und atmete in den Hohlraum, den sie bildeten. Wie durch Zauberei hörten meine Lippen auf zu prikkeln, und nach ein paar keuchenden Atemzügen konnte ich wieder normal Luft holen. Was für eine Erleichterung!

Und was bedeutete das? Es war mir gelungen, absichtlich einen Anfall herbeizuführen und ihn dann zu beherrschen. Das war außergewöhnlich, fast unheimlich. Ich war zu Tode erschrocken gewesen, aber ich hatte zumindest den Mut besessen, nachzudenken und mich während der Attacke rational zu verhalten. Dieses Wissen würde mir beim nächsten Mal helfen. Ich ging wieder zum Auto, wendete und fuhr gutgelaunt nach Festigny.

Sarah schien meine gute Laune nicht zu teilen. Als ich vor dem Haus hielt und ausstieg, kam sie herausgerannt und starrte mich an wie einen Geist.

»Wo in aller Welt bist du gewesen? Wir haben die Polizei angerufen!«

Sie funkelte mich an. Ich hätte ihr am liebsten gesagt, wie schön sie aussah, wenn sie so wütend war, besann mich aber eines Besseren. Sie war nicht in der Stimmung für Scherze.

»Ich bin in den Hügeln herumgefahren.«

»Bist du wahnsinnig? Du bist seit zwei Nächten nicht zu Hause gewesen und hast nicht Bescheid gesagt! Nicht einmal angerufen!«

»Ich bin alt genug, um mein eigenes Leben zu leben.«

»Du bist zwar neunzehn, hast aber den Verstand eines Zweijährigen! Schließlich bist du ernsthaft krank und brauchst deine Medizin und ständige ärztliche Überwachung. Henri ist gestern nachmittag vorbeigekommen. Was sollte ich ihm denn sagen? Daß ich nicht weiß, wo du dich aufhältst?«

»Es tut mir leid. Aber mir geht es gut. Wirklich.«

»Oh! Warte nur, bis du die Quittung dafür bekommst, daß du deine Medikamente nicht eingenommen hast!«

»Was hat die Polizei gesagt?«

»Sie haben gute Arbeit geleistet. Willst du wirklich wissen, was sie herausgefunden haben?«

Ich nickte, und wir gingen ins Haus.

»Sie haben mir diesen Bericht gegeben.«

Sie schwenkte ein Blatt Papier.

»Laß hören.«

»Dein Porsche hat die Nacht auf Pierre Lemans Party verbracht. Du wahrscheinlich auch. Am nächsten Morgen – gestern – wurde er in Armands Werkstatt gesehen. Armand hat der Polizei gesagt, du wärst mit einem gelben Volkswagen davongefahren. Der stand vor dem Yachtclub. Der Barmann hat bestätigt, daß du dort warst und mit der Freundin eines gewissen Gunther Reich weggegangen bist, eines Typen, der der Polizei bekannt ist. Sie haben bei ihm zu Hause angerufen, und seine Freundin hat ihnen gesagt, daß du das Haus gegen zwei Uhr verlassen hast. Als nächstes tauchte der VW in der Garage des Hotels La Croisette auf. Später hast du dort mit einem Mädchen im Minirock ein Zimmer genommen.«

Sie funkelte mich zornig an.

»Vielleicht hast du eine andere Erklärung dafür als die, die auf der Hand liegt. Du hast dann im Le Chat Noir zu Abend gegessen, und es spielte sich eine Szene ab, bei der auch Michelle dabei war. Und dann bist du mit einer Gruppe von Teenagern, die die Anwohner durch den Lärm, den sie gemacht haben, sehr verärgert, zum Promontoire hochgegangen. Heute früh hast du den Porsche bei Armand abgeholt, deine Kleider waren vollkommen verdreckt, und dann bist du bis eben, bis heute nachmittag drei Uhr, verschwunden.«

»Erstaunlich! Erinnere mich bei Gelegenheit daran, daß ich nie ein Verbrechen in dieser Stadt begehe.«

»Mach dich nicht lustig über mich! Was hast du mit diesem Mädchen im La Croisette gemacht?«

»Nichts. Wir haben uns für das Restaurant umgezogen.«

»Ihr habt euch einfach nur umgezogen? Das glaube ich dir nicht. Wie gut kennst du das Mädchen?«

Sehr gut, hätte ich am liebsten geantwortet. Intim.

»Ich habe sie noch nie gesehen bis gestern.«

Das stimmte zwar, war aber auch unnötig provokativ.

»Ich gebe es auf! Du führst dich auf wie ein Playboy! Und du brennst deine Kerze an beiden Enden ab. Du bist krank. Schwach und krank. Und du benimmst dich unverantwortlich.«

»Es tut mir leid. Aber es ist doch nichts passiert, oder?«

»Nichts passiert? Wenn ich vor Sorge halb krank bin? Du nimmst jetzt besser deine Medizin. Ich rufe Henri an, damit er kommt und nach dir sieht.«

»Ich habe dir doch gesagt, mir geht es großartig.«

»Das ist mir egal.«

Um meine Ruhe zu haben, nahm ich einen Löffel von der grauenvoll schmeckenden Mixtur ein und ging nach oben, um mich zum Abendessen umzuziehen.

Später dann, nachdem Henri mich untersucht hatte, meinte er, ich sei zwar ein wenig übererregt, aber sonst ziemlich fit. Am liebsten hätte ich geantwortet, »das habe ich euch doch gesagt«, unterließ es aber, und das war offensichtlich auch besser so. Während des Essens begann ich mich auf einmal schlechter zu fühlen. Mein Herz holperte, und ich bekam Magenkrämpfe. Das war kein psychisch bedingtes Unwohlsein, es war Realität, und es ging mir entsetzlich schlecht.

Ich entschuldigte mich und ging zu Bett. Die Schmerzen wurden immer schlimmer, und ich konnte nicht einschlafen. Mir war übel, aber ich konnte mich nicht erbrechen. Die Vorstellung, ich könnte meine Krankheit durch meinen Willen beherrschen, kam mir auf einmal absurd vor. Wie dumm ich doch gewesen war! Ich wollte so gerne leben wie die anderen – Schwimmen, Windsurfen, auf Partys gehen. Es ging eben nicht. Ich war ein Invalide. Ein Morgen oder ein Nachmittag mit leichter Beschäftigung, und dann mußte ich den Rest des Tages wieder im Bett verbringen. Das war alles, worauf ich hoffen konnte.

Die Stunden schleppten sich quälend langsam dahin, während ich mich im Bett herumwarf. Meine Übelkeit wurde immer schlimmer. Ich wollte eigentlich nie irgendwelches Aufhebens von meiner Krankheit machen, aber das hier war das nackte Elend. Mein Magen schmerzte unerträglich. Ich blickte auf die Uhr. Zwei Uhr morgens. Ich brauchte Hilfe. Auf Händen und Knien kroch ich durch den Flur und klopfte an Michelles Tür. Nichts rührte sich. Sie war wohl immer noch unterwegs in irgendeinem Nachtclub oder einer Bar. Unter großen Schmerzen kroch ich zu Sarahs Tür, hörte aber dort wieder nur ihr Stöhnen und ihre erregten Seufzer. Ich verfluchte sie und die Lust, die sie offensichtlich empfand. Aber ich war zu stolz, um einfach hineinzuplatzen wie irgendein Schuljunge, der mitten in der Nacht zu seiner Mami läuft, weil es ihm nicht gutgeht.

Das Telefon! Das war die Lösung. Im oberen Flur war eins. Ich kämpfte mich bis dahin vor und wählte Henris Nummer. Er meldete sich nicht. Seltsam. War er bei einem Krankenbesuch? Mühsam kroch ich zu Sarahs Zimmer zurück. Dankbar dafür, daß die Lustschreie aufgehört hatten, richtete ich mich halb auf, um an die Tür zu klopfen, als sie sich von selbst öffnete. Mir ging durch den Kopf, daß meine Haltung unangenehmerweise den Eindruck vermittelte, ich habe durch das Schlüsselloch gesehen.

Doch was geschah? Der gute Doktor Dubois kam heraus. Er trug nichts weiter als eine Schlafanzughose.

Während wir einander schweigend anstarrten, öffnete sich die Haustür. Michelle war nach Hause gekommen. Sie fand uns oben auf dem Flur, wo wir uns noch immer schweigend anstarrten. Auch Sarah, die sich wunderte, wo Henri blieb, war hinzugekommen. Sie trug lediglich die Schlafanzugjacke, was aus meiner Position reizend aussah.

Vorhang.

14

Michelle nahm die Situation in die Hand. Sie brachte mich zurück ins Bett und holte eine Literpackung Orangensaft.

»Komm, trink das.«

»Orangensaft ist nicht besonders gut für einen Herzkranken.«

»Heftige Magenkrämpfe auch nicht. Tu, was ich dir sage, trink es.«

»Alles?«

»Alles.«

Sie sagte das mit solcher Bestimmtheit, daß ich ihr gehorchte. Bald fühlte ich mich ein bißchen besser, und schließlich schlief ich ein.

Ich hoffte, daß sie mich auch am nächsten Morgen pflegen würde, aber ich wurde von Sarah geweckt, die mit einem Frühstückstablett hereinkam. Sie schüttelte die Kissen auf, stellte mir das Tablett auf die Knie und setzte sich dann auf die Bettkante. Ich hatte keine Lust, über das Debakel der letzten Nacht mit ihr zu reden. Keiner von uns hatte sich dabei im besten Licht präsentiert. Aber offenbar hatten uns die Ereignisse überrollt.

»Ich habe leider ein paar schlechte Nachrichten.« Sie hielt ein Telegramm hoch. »Mein Vater ist krank. Ernsthaft krank. Ich muß nach Hause nach England fahren.«

»Das tut mir leid.«

»Ja, es ist sehr traurig. Henri hat sich freundlicherweise bereit erklärt, mit mir zu kommen, um zu sehen, ob er irgend etwas für ihn tun kann.«

Sie hatte den Anstand, bei der Erwähnung ihres Liebhabers verlegen auszusehen.

»Hoffentlich geht es ihm bald wieder besser.«

»Unwahrscheinlich. In seinem Alter ist jede Krankheit gefährlich.«

»Wie lange wirst du wegbleiben?«

»Ich habe keine Ahnung. Das ist das Problem. Du brauchst jemanden, der sich um dich kümmert.«

»Das wird Michelle sicher gerne tun.«

Sie schwieg, dann sagte sie: »Ich habe Michelle heute früh nach Hause geschickt.«

»Was? Sie ist fort? Ohne mir auf Wiedersehen zu sagen?«

Der Schock traf mich wie ein heftiger Schlag. Michelle war weg? Alle meine Hoffnungen *zerronnen?*

»Ja, wir hatten heute früh einen ziemlich heftigen Streit. Es tut mir mittlerweile leid, daß ich sie überhaupt eingeladen habe. Sie hat einen schlechten Einfluß auf dich. Dein ganzer Lebensrhythmus ist durcheinandergeraten. Und von ihrem Benehmen bin ich auch nicht angetan. Sie ist keine Nacht vor zwei Uhr morgens nach Hause gekommen.«

Das war es also. Sarah sah es nicht gern, wenn wir uns vergnügten. Sie durfte sich hinter verschlossenen Türen aufführen wie eine Schlampe, aber Michelle sollte züchtig und brav sein. Nun, ich würde das nicht akzeptieren. Ich würde Michelle zurückholen. Aber im Moment brachte es gar nichts, deswegen einen Aufstand zu machen.

»Was ist mit Madame Prost? Sie kann sich um mich kümmern.«

»Es wird dich überraschen, aber ich habe sie gestern entlassen. Sie hat sich äußerst respektlos aufgeführt und sich beklagt, daß ich mich in ihre Küchenangelegenheiten mische. Wir hatten eine Auseinandersetzung, und ich mußte sie entlassen.«

Ich starrte sie ungläubig an. Madame Prost war schon bei uns gewesen, als meine Mutter noch lebte, lange bevor Sarah überhaupt aufgetaucht war. Sie konnte sie doch nicht einfach hinauswerfen! Dieses Haus war ihr Leben! Sie war nicht nur eine Angestellte!

Bevor ich protestieren konnte, fuhr Sarah fort: »Um noch einmal zu deiner Krankheit zu kommen – es ist Henri und mir gelungen, in dieser kurzen Zeit eine professionelle Krankenschwester zu engagieren. Sie wird hier im Haus bleiben, bis ich wieder zurück bin. In einer halben Stunde ist sie hier.«

Ich saß sprachlos da.

»Aber jetzt muß ich wirklich packen gehen.«

Ich versuchte zu verdauen, was ich eben erfahren hatte. Es war mir ganz gleich, was Sarah empfand, ich mußte so schnell wie möglich Kontakt zu Michelle aufnehmen, und daran konnte sie mich nicht hindern. Ich war auch fest entschlossen, Madame Prost zurückzuholen. Sie gehörte zum Haus. Und auch das mußte ich so schnell wie möglich tun. Sie würde außer sich sein, und vielleicht warf sie mir auch vor, daß ich sie nicht beschützt hatte. Sie konnte ja nicht ahnen, daß ich gar nichts von den Auseinandersetzungen wußte. Außerdem konnte niemand so wie sie ein *Lapin au moutard* zubereiten.

Nun, zu alledem würde ich mein neuerworbenes Selbstbewußtsein einsetzen müssen. Darüber dachte ich eine Weile nach, aber dann gewannen interessantere Gedanken die Oberhand. Henri und Sarah! Miteinander im Bett. Das war ekelerregend! Wie lange mochte das schon so gehen? Ein paar Wochen? Ein Jahr? Länger? Mir war jedoch klar, daß ich die Situation objektiv sehen mußte. Sarah konnte tun und lassen, was sie wollte. Henri war unverheiratet. Ich mußte akzeptieren, daß sie das Recht hatten, sich so zu verhalten, wie es ihnen paßte.

Aber darum ging es nicht. Warum hatten sie ihre Affäre unbedingt geheimhalten wollen, obwohl sie beide frei waren? Vor meinen Augen hatte Henri so getan, als sei er nichts weiter als der ortsansässige Arzt. Und er hatte Sarah immer ›Madame Spencer‹ genannt. Das tut man einfach nicht, wenn man mit der Dame des Hauses schläft. Das ergab keinen Sinn.

Plötzlich überfiel mich wieder heftige Übelkeit. Mein Herz begann unregelmäßig zu schlagen, und ich erlitt einen Anfall von Atemnot. Dieses Mal war es noch schlimmer als sonst, und ich merkte, daß ich nicht mehr richtig sehen konnte. Die Farben wirkten irgendwie anders, und ich fühlte mich ganz erbärmlich.

Mir fiel die Erleichterung ein, die ich verspürt hatte, nachdem ich auf Michelles Geheiß Orangensaft getrunken hatte. Vielleicht sollte ich Sarah um welchen bitten? Dann erinnerte ich mich vage, daß Michelle den Karton letzte Nacht in meinem Nachttischschränkchen deponiert hatte. Unter großen Schwierigkeiten machte ich es auf und blickte hinein. Gott sei Dank! Was für ein Engel! Sie hatte drei volle Packungen für mich hineingestellt. Es war eine Qual, eine davon zu öffnen. Aber was für eine Erleichterung war es, als der Saft dann endlich durch meine Kehle rann! Ich stellte den halbvollen Karton wieder zu den anderen zurück. Das Schränkchen würde mein Geheimfach bleiben. Sorgfältig schloß ich die Tür.

Die Schwester kam, und ich hörte, wie Henri ihr detaillierte Anweisungen gab, wie sie für mich zu sorgen hätte und welche Medikamente ich einnehmen sollte. Ich fluchte. Jetzt war ich wieder ein Invalide, nach meinem kurzen Ausflug in die Freiheit.

Sarah und Henri kamen herein, um sich zu verabschieden. Sie stellten mir die Schwester vor, ein formloses Mädchen mit dicker Brille in einem blauen, gestärkten Kleid. Dann hörte ich, wie sie in einem Taxi wegfuhren. Mein Magen schmerzte, und meine Beine fühlten sich an wie Kordelschnüre. Ich taumelte zur Toilette, um mir die Peinlichkeit zu ersparen, schon fünf Minuten nach ihrer Ankunft die Schwester um Hilfe zu bitten. Die Anstrengung machte mich vollends fertig. Als ich wieder im Bett lag, schlief ich fast sofort ein.

Als ich erwachte, war es Nachmittag. Irgend etwas stimmte nicht. Ich konnte mich überhaupt nicht bewegen. War ich so schnell so schwach geworden?

Die Wahrheit war sogar noch alarmierender. Ich war mit Händen und Füßen am Bettrahmen festgebunden! Das mußte ein Witz sein. Ich zappelte eine Weile, um freizukommen, ergab mich aber dann in die Erkenntnis, daß es kein Witz war. Ich war gefangen!

Ich brauchte eine Weile, um das zu kapieren, aber schließlich begriff ich es. Es ist unmöglich, das Gefühl zu beschreiben, das einen überkommt, wenn man feststellt, daß man sowohl hilflos als auch das Opfer böser Absichten ist. Unser Leben ist heutzutage so frei von Angst und wirklicher Gefahr, daß diese Erfahrung einem völlig fremd ist. Das Blut pochte so heftig in meinem Kopf, daß ich nicht mehr klar denken konnte. Fast hätte ich mich beschmutzt, bekam aber meinen Darm gerade noch unter Kontrolle. Jemand wollte mich umbringen, und ich konnte nichts dagegen tun! Das war alles, was zu denken mir möglich war. Am liebsten hätte ich laut geschrien, aber das hätte meinen Feind nur gewarnt, daß ich wach war. Ich unterdrückte meine Panik und versuchte, mich zusammenzunehmen. Ich mußte überlegen. Wer konnte mich festgebunden haben und warum? Michelle und Madame Prost waren beide hinausgeworfen worden. Sie waren bestimmt ärgerlich, aber sie konnten mich nicht dafür verantwortlich machen, was geschehen war. Sarah und Henri waren in einem Taxi weggefahren, oder zumindest sollte ich das glauben. Die Schwester war angeblich als einzige im Haus. Und Sarah hatte sie engagiert. Wenn sie mich festgebunden hatte, dann mußte sie das auf Sarahs Anordnung hin getan haben. Die Schwester, Sarah und Henri steckten also unter einer Decke. Das mußte einfach so sein. Es gab keine andere Schlußfolgerung. Sarah und Henri hatten einen hinterhältigen Plan gefaßt, um mich auszuschalten.

Warum war ich so sicher, daß sie beabsichtigten, mich umzubringen? Nun, offensichtlich wußten sie, daß ich gefesselt sein würde, wenn ich aufwachte. Also hatten sie auch gar nicht die Absicht, mich wieder zu befreien, sondern sie wollten mich umbringen. Vielleicht sollte ich hier verhungern. Danach würden sie die Stricke und das andere Beweismaterial entfernen und behaupten, ich sei an einem Herzanfall gestorben.

All das kam mir ziemlich lächerlich vor. Die beiden Menschen, denen ich in den letzten Jahren vertraut hatte, waren auf einmal zu Todfeinden geworden. Ich konnte es nicht glauben! Aber die Tatsache blieb bestehen: Ich war festgebunden, und offensichtlich wollte jemand meinen Tod.

Die nächste Frage war: Warum?

Nachdem ich erst einmal akzeptiert hatte, daß Sarah und Henri meinen Tod wollten, war diese Frage nicht schwer zu beantworten. Unglaublich, daß ich daran noch nie gedacht hatte! Wenn ich einundzwanzig war, erbte ich das Vermögen und die Villa meines Vaters. Ich hatte mich nie gefragt, was passieren würde, wenn ich vor diesem Alter stürbe. Am wahrscheinlichsten war wohl, daß dann Sarah alles erbte. Was für eine Versuchung hatte mein Vater ihr da beschert!

Mein Vater! Das Auto! Ich begann leise zu weinen. Auf einmal war mir völlig klar, daß mein Vater umgebracht worden war. Ich hatte nie verstanden, warum mein Vater nach seinem Unfall anscheinend jeden Lebenswillen verloren hatte und erinnerte mich jetzt daran, wie er mich angesehen hatte, kurz bevor er starb. Er konnte schon nicht mehr sprechen. Ihm war klar geworden, daß er von seinem Arzt umgebracht wurde, und was noch schlimmer war, er hatte erkannt, daß ich der nächste sein würde. Und der Unfall selbst! Er war ein sehr vorsichtiger Fahrer gewesen. Aber wenn sein Auto manipuliert worden war ... Wie meines! Was für ein Idiot ich doch gewesen war! Wer hatte vorgeschlagen, ich solle mir einen schnellen Sportwagen kaufen? Sarah natürlich! Sie hatte wahrscheinlich gehofft, ich würde drauflos rasen wie jeder andere Neunzehnjährige. Aber nein, ich war ja solch ein Schwächling und fuhr nie schneller als achtzig. Wie sie und Henri geflucht haben mußten! Also versuchten sie, selbst nachzuhelfen, indem sie das Lenkrad manipulierten. Und wahrscheinlich hätte es auch funktioniert, wenn ich nicht den Auffahrunfall gehabt und Armand nicht den fehlenden Bolzen bemerkt hätte.

Das erklärte wahrscheinlich auch, warum Sarah die Polizei angerufen und warum sie mich so komisch angesehen hatte, als ich wieder aufgetaucht war. Sie hatte wohl angenommen, ich sei wegen eines Unfalls verschwunden und wollte lediglich, daß die Polizei das Autowrack fand.

Kalte Wut ist für die Seele weitaus besser als Panik. Ich war es leid, herumgestoßen zu werden. Selbst die Krämpfe in meinem Magen waren einem leichten Druck gewichen. Jetzt war ich finster entschlossen, den Tod meines Vaters zu rächen, und wenn es das letzte war, was ich tat. Kamen die beiden zurück, würden sie eine härtere Nuß zu knacken haben, als sie sich jemals vorstellen konnten.

Aber was kann man schon tun, wenn man ausgestreckt auf dem Rücken liegt und beide Handgelenke und beide Füße an den Bettrahmen gebunden sind. Nicht viel. Ich riß und zerrte und drehte mich hin und her, aber dadurch zog ich die Fesseln nur noch straffer. Erschöpft von der Anstrengung gab ich auf. Stattdessen beschloß ich, mich auf meine rechte Hand zu konzentrieren. Die Schlinge um mein Handgelenk war viel zu fest, als daß es mir möglich gewesen wäre, die Hand hindurchzuziehen; der Knoten saß jedoch oben, so daß ich ihn sehen konnte. Wenn es mir gelänge, das freie Ende irgendwie durch die Schlinge zu ziehen, würde sie sich vielleicht lockern.

Ich zog, so sehr ich konnte, um der rechten Hand den nötigen Spielraum zu verschaffen. Dann stellte ich fest, daß ich das freie Ende packen konnte, wenn ich meine Hand so weit wie möglich nach vorn beugte. Ich versuchte das Ende mit den Fingerspitzen zu erreichen, wobei ich die Tatsache verfluchte, daß mein früheres Ziehen und Zerren den Knoten fester gemacht hatte, so daß nun die Aufgabe schwerer war. Aber endlich hatte ich doch einen leichten Fortschritt vorzuweisen. Das Seil war neu und glatt, und der Knoten ließ sich vielleicht lösen, wenn man nur ein bißchen nachhalf. Die Schlinge lockerte sich, und Millimeter um Millimeter gelang es mir, das freie Ende hindurchzuschieben.

Stolz erfüllte mich. Philip, der Dummkopf und stadtbekannte Tölpel, würde seine böse Stiefmutter und ihren Liebhaber überlisten! Es war fast wie im Märchen.

Und dann konnte ich das Ende nicht mehr greifen. Ich hatte das Seil fast bis zu dem Punkt geschoben, wo es aus dem Knoten herausrutschen mußte, aber weiter bekam ich es nicht mehr. Ich konnte einfach mein Handgelenk nicht weiter beugen! So kurz vor dem Erfolg! Ich hätte weinen mögen. Der Schweiß lief mir übers Gesicht, und meine Augen brannten so sehr, daß ich kaum noch sehen konnte. Ich mußte eine Atempause einlegen und meine Strategie neu überdenken. Nur keine Eile! Der ganze Tag lag vor mir, und möglicherweise auch noch eine ganze Reihe von anderen Tagen, wenn sie vorhatten, mich verhungern zu lassen.

Ich brauchte irgend etwas Kurzes. Einen Stift, einen Nagel, irgend etwas, das ich zwischen zwei Fingern halten und damit das Seil weiterschieben konnte. Oder eine Münze! Ich drehte den Kopf. Auf meinem Nachttisch lag ein Stapel Kleingeld, den Madame Prost vor ein paar Tagen aus meiner Hosentasche geholt hatte, bevor sie meine Hose in den Kleiderschrank gehängt hatte. Ja, das konnte ich schaffen! Wenn ich mit dem Bett gegen den Nachttisch stieß, würde der Stapel Münzen ins Gleiten kommen, und eine würde vielleicht neben mich fallen. Das Problem war nur, wie ich sie dann zu packen bekäme. Ich drehte mich nach rechts und zerrte wieder an meinen Fußfesseln. Vielleicht funktionierte es so! Mit meiner rechten Hand konnte ich fast den Nachttisch berühren. Jetzt mußten die Götter zeigen, ob sie mir gewogen waren. Wenn das so war, ließen sie mir eine Münze in die ausgestreckte Hand fallen.

Ich holte tief Luft und warf mich so heftig ich konnte nach rechts. Das Bett schaukelte und rutschte etwas zur Seite. Na gut. Es hatte sich immerhin ein Stück in die gewünschte Richtung bewegt. Der nächste Versuch würde ein besseres Ergebnis bringen. Weil ich Schmerzen spürte, hob ich den Kopf und blickte auf meinen linken Fußknöchel, der unter der Bettdecke verborgen war. Dort war ein Blutfleck. Das Seil hatte schon die Haut aufgescheuert. Na, und wenn schon? Ich hatte nicht erwartet, daß es einfach werden würde. Ich biß meine Zähne zusammen und ruckte noch einmal heftig. Die Münzen schwankten, und die oberste fiel herunter. Sie landete jedoch nicht auf meinen Fingern, sondern genau zwischen Bett und Nachttisch. Kein Problem, es waren ja noch mehr da. Ich ruckte noch einmal, und dieses Mal glitten mehrere Münzen hinunter. Es fiel zwar keine auf meine Finger, aber eine steckte zwischen meinem Mittelfinger und dem Nachttisch. Ich hielt den Atem an und versuchte, sie zu fassen.

Plötzlich hörte ich das Geräusch von splitterndem Glas aus der Küche unten. Mit echtem Entsetzen stellte ich fest, daß ich nicht allein im Haus war, wie ich gedacht hatte. Jetzt mußte ich schnell handeln. Verzweifelt versuchte ich, Ruhe zu bewahren und die Münze zu greifen. Schließlich gelang es mir, und ich konnte meine Aufmerksamkeit wieder dem Knoten zuwenden.

Während meiner Anstrengungen hatte sich das verdammte Ding wieder fester zusammengezogen. Ich mußte das ganze Spiel von vorne beginnen, und dieses Mal war es sogar noch schwieriger, weil die Münze mich behinderte. Aber alle Hindernisse machten mich nur noch entschlossener. Ich hatte noch nie in meinem Leben etwas wirklich Schwieriges bewerkstelligen müssen, weil ich mich immer auf meinen Reichtum verlassen hatte. Nun, das war jetzt anders, und auf einmal verstand ich, warum reiche Männer immer noch arbeiteten und sechzehn Stunden am Tag schufteten, obwohl sie mehr Geld hatten, als sie brauchen. Je härter man kämpft, desto größer ist das Gefühl der Befriedigung.

Plötzlich wurde ich von einer neuen Erkenntnis geschockt! Ich hatte das Seil, mit dem ich kämpfte, schon einmal gesehen, und zwar auf Jaques' Boot unten am Hafen. Es war sehr auffällig, mit eingeflochtenen roten und blauen Strängen. Das konnte kein Zufall sein – er mußte einen ganzen Vorrat davon haben. Ich wollte es nicht glauben. Hatten Jaques und Michelle etwas damit zu tun? War der ganze wilde Haß, den ich Sarah und Henri gegenüber empfand, völlig fehlgeleitet?

Aber wer auch immer dafür verantwortlich sein mochte, ich wollte unbedingt freikommen. Fast hatte ich es schon erreicht. Der Knoten war schon wieder lockerer und das lose Ende war fast durch. Nur noch ein Stückchen. Jetzt konnte ich die Münze einsetzen, die ich unter solchen Schwierigkeiten in die Finger bekommen hatte.

Plötzlich erstarrte ich. Ich hörte Schritte auf der Treppe. Weibliche Schritte. Verzweifelt fluchend wurde mir klar, daß ich gleich die Wahrheit erfahren würde – nur wenige Sekunden, bevor ich mich befreit hätte.

Die Tür ging auf, und Michelle trat ein.

Ich konnte es immer noch nicht glauben. War sie verantwortlich dafür, daß ich gefesselt war? Sie stand da und starrte mich an.

»Hast du das getan?«

Sie trat zum Fenster und schloß die Läden.

»Verdammt! Rede mit mir!«

Statt einer Antwort zog sie ihre dünne Bluse aus. Sie trug keinen BH darunter. Ihre Brüste lächelten mich an und bebten ein wenig, als sie sich bewegte.

»Hör auf mit dem Quatsch! Was hast du vor?«

Als nächstes fiel ihr Rock. Sie trug jetzt nur noch hochhackige Schuhe und einen schwarzen, fast durchsichtigen Slip. Ich blickte auf meine dünne Bettdecke, die sich bereits zu heben begann wie ein Zelt und verfluchte die Macht, die sie über mich hatte.

»Soll das eine Art Vergewaltigung sein?«

Ich wollte streng und wütend erscheinen, aber die Worte klangen eher hoffnungsvoll. Sie wandte mir den Rücken zu und zog ihren Slip herunter, wobei sie mit dem Hintern wackelte. Verdammt! Woher wußten die Mädchen nur, daß ich so auf runde Hinterteile stand? Das Zelt wurde höher.

»Okay, okay. Du brauchst mir nichts zu beweisen. Ich bin verrückt nach dir. Bind mich los, und ich tue alles, was du willst. Ich fühle mich nur impotent, wenn ich festgebunden bin.«

Impotent war vielleicht das falsche Wort, denn ich teilte mittlerweile das Bett mit Nelsons Säule.

Sie war jetzt völlig nackt, abgesehen von den hochhackigen Schuhen. Ohne weiteres hob sie meine Dekke und warf sie achtlos in die Ecke. Ich blickte an mir herunter und empfand einen gewissen Stolz. Eine Säule der Gesellschaft. Ein aufrechter Gentleman. Ein Turm der Stärke.

»Michelle, bitte … Das ist peinlich.«

Sie behielt die Schuhe an, stieg auf das Bett und hockte sich über mich. Ihre Hand fuhr zwischen die Beine, und fasziniert sah ich zu, wie sich der schwarze Busch auf mich hinuntersenkte und mich umschloß. Schließlich saß sie ganz auf mir. War es so leicht? Ich war einfach so in sie eingedrungen!

Genauso langsam hob sie sich wieder. Mein stolzer Polizist stand da in Habachtstellung, schimmernd von einer ganz neuen Feuchtigkeit. Sie ließ ihn völlig frei und senkte sich dann langsam wieder auf ihn hinunter. Dieses Mal bog ich mich ihr ungeduldig mit den Hüften entgegen. Es war so einfach. Ich konnte es kaum glauben. Was sollten diese ganzen Legenden über sexuelle Fertigkeiten oder über die Probleme, ihn hochzubekommen? Er war doch wie geschaffen für sein warmes, feuchtes Heim.

»Michelle, ich will mich nicht beklagen, aber ich glaube, was wir tun, ist illegal. Weißt du das? Eine Vergewaltigung!«

Statt einer Antwort hob sie ihren Unterkörper und streichelte sich mit der Spitze meines Penis zwischen ihren Beinen, so daß ich ihre Lippen spüren konnte. Dann ließ sie sich um so heftiger auf mich zurücksinken. Ich keuchte vor Lust auf.

»O mein Gott!«

Und wieder, gnadenlos ...

»Du wirst wahrscheinlich vor Gericht behaupten, ich hätte zugestimmt.«

Und wieder ...

»Aber das sagen sie alle. Dein Wort wird gegen meines stehen, Aaah!«

Sie beschleunigte ihr Tempo und kreiste dabei mit den Hüften.

»Ich werde mir einen guten Anwalt nehmen. Charakterzeugen! Für Vergewaltigung kannst du zwanzig Jahre bekommen. Bis du wieder herauskommst, bist du eine Matrone. Oh – lieber Himmel!«

Auf und nieder. Ich wußte, daß ich es nicht mehr lange durchhalten konnte.

»Okay, du hast gewonnen. Ooh! Du hast mich überzeugt. Aaah! Ooh! Oh, Michelle. Oh, mein Liebling, ma chérie ...«

Ich schloß die Augen und ließ es zu. Die Mitte meiner Welt war mein Penis, vergraben in der dunklen Höhle von Michelles Geschlecht. Ich war erwachsen geworden.

Fünf Minuten lag ich still da und dachte an nichts anderes als daran, wie glücklich ich war. Als ich wieder aufblickte, saß Michelle immer noch auf mir, war aber dabei, meine Fesseln zu lösen.

Jetzt, wo ich losgebunden war, versuchte ich gar nicht, aufzustehen. Ich legte einfach meine Hände fest auf ihre Brüste.

»Ich glaube, zunächst mal werde ich doch keine Anzeige erstatten.«

»Das glaube ich auch nicht. Du hast mir eine Menge zu verdanken.«

»Daß ich das erste Mal glücklich war.«

»Nein, davon rede ich nicht. Ich rede von schlimmeren Dingen.«

»Wer hat mich festgebunden?«

»Ich.«

»Aber warum?«

»Um dir eine Chance zum Nachdenken zu geben «

»Über was?«

»Sag du es mir. Worüber hast du nachgedacht, als du dich nicht mehr bewegen konntest?«

»Ich dachte, ich würde sterben. Und ich habe mich gefragt, wer mich wohl umbringen wollte.«

»Und?«

»Ich bin zu der Schlußfolgerung gekommen, daß es Sarah sein mußte. Sarah und Henri.«

»Ganz richtig. Hör mal, warum quetschst du meine Brüste so? Das ist nicht gerade zartfühlend.«

»Ich mag das. Sie sind so schön fest. Brigittes Brüste waren viel wabbeliger. Ich mag deine lieber.«

»Das ist gut. Aber jetzt konzentrier dich. Wie wollten sie dich umbringen?«

»Sie haben meinen Vater umgebracht, indem sie

seinen Wagen manipulierten. Da bin ich mir ganz sicher. Und an meinem Wagen hat jemand den Bolzen am Lenkrad entfernt.«

Michelle blickte mich überrascht an.

»Haben sie wirklich deinen Vater umgebracht? Das tut mir sehr leid. Wie schrecklich! Von deinem Auto wußte ich auch nichts. Und das alles ist dir klar geworden, während du hier lagst?«

»Ja. Der Mechaniker hat den fehlenden Bolzen entdeckt, aber da hatte ich noch keine Erklärung dafür.«

»Nun, du hast recht, da bin ich mir ganz sicher. Es paßt alles zusammen. Aber das habe ich nicht gemeint, sondern etwas anderes. Du kannst doch nicht ernsthaft so blöd sein.«

Ich schüttelte den Kopf.

»Erinnerst du dich noch, damals am Strand? Ich habe gesagt, du solltest nicht unbedingt glauben, was Henri dir erzählt. Und daß du eine zweite Diagnose einholen müßtest. Worauf du sehr grob zu mir wurdest.

»Ich weiß. Hinterher hat es mir leid getan. Ich hatte sogar ein langes Gespräch mit Henri über das, was du gesagt hast.«

»Merde! Deshalb hat er sich wahrscheinlich dazu hinreißen lassen, das mit dem Lenkrad zu versuchen. Glücklicherweise hatten sie nicht auch noch die Idee, mich aus dem Weg zu schaffen.«

Ich errötete, weil ich an mein unbeholfenes Gespräch mit Henri dachte. Ich mußte wahnsinnig gewesen sein! Was für ein Glück, daß er mich nicht an Ort und Stelle von den Klippen gestoßen hatte!

»Offensichtlich hatte ich recht«, sagte Michelle nachdenklich.

»Womit?«

»Du warst dir so sicher, daß du krank bist und daß Henri der einzige ist, der dich am Leben erhält, daß ich beschloß, dir nichts von meinem Verdacht zu erzählen, sondern dir zu demonstrieren, was ich meinte.«

»Welcher Verdacht?«

»Das war am Tag, als ich angekommen bin. Der Garten. Er war voller giftiger Pflanzen. Natürlich würde das nur wenigen Menschen auffallen. Aber ich hatte zufällig diese Arten von Giftpflanzen ein paar Wochen vorher im Pharmazieseminar durchgenommen. Es gab einfach zu viele toxische Pflanzen, als daß es Zufall sein konnte. Eisenhut, Ginster, Waldanemone, Akelei, Maiglöckchen ... Soll ich fortfahren?«

»Ja.«

»Ich habe am nächsten Tag eine Liste gemacht, um es zu überprüfen. Wicke, roter Seidelbast, süßduftend. Fingerhut, der nicht mehr häufig in Gärten gepflanzt wird, Steinbrech, gelber Jasmin. Weiter?«

Ich nickte.

»Paß ein wenig auf, meine Brustwarzen sind schon wund. Möchtest du nicht lieber mal etwas anderes streicheln? Mein Hintern ist auch ganz nett.«

Ich griff nach ihren Pobacken und streichelte sie sanft. Dann glitten meine Finger zu ihren feuchten, Lippen, die immer noch mein Bajonett umschlossen, und liebkosten sie.

»Okay. Was sonst noch? Christrose, Goldregen, von dem jeder weiß, daß sein Samen giftig ist, schwarze Geißblattbeeren, Pfingstrosen, Lampionblumen, Kirschlorbeer, Lupinen, Immergrün. Mehr fallen mir im Moment nicht ein.«

»Ist Oleander giftig?«

»Ja, das ist er. Wächst er auch im Garten?«

»Ja. Und es ist keine Pflanze, die in England häufig vorkommt. Deshalb ist er mir aufgefallen. Er sollte eigentlich nicht da sein.«

»Na ja. Du glaubst mir also?«

»Meinst du, sie wollten mich vergiften?«

»Ich wußte es natürlich nicht mit Sicherheit. Es kam mir so unwahrscheinlich vor. Die Pflanzen konnten ja auch ein Zufall sein. Aber es gab noch einen anderen Hinweis, daß etwas nicht stimmte.«

»Was?«

»Ich dachte, ich hätte Henri erkannt, und das stimmte auch. Er war tatsächlich der Mann, der Sarah damals geküßt hatte, als dein Vater noch lebte. Sie müssen sich im Urlaub kennengelernt haben. Dann ist Henri ihr hierher nachgekommen. Jaques hat recherchiert, wann er seine Praxis hier eröffnete. Es paßte.«

»Vor Jahren also schon?«

»Ja. Da habe ich angefangen, die Gefahr wirklich ernst zu nehmen. Ich habe mir überlegt, wie ich es anstellen würde, wenn ich dich umbringen wollte. Ich würde viele unterschiedliche Giftarten benutzen, damit die Krankheit schwer zu diagnostizieren wäre. Zum Schluß der Fingerhut. Damit hätte ich dich umgebracht. Digitoxin sammelt sich nur langsam im Körper an, bis man schließlich an Herzversagen stirbt. Übelkeit, Atemprobleme, farbveränderte Sicht. Das sind die Symptome, an denen du gelitten hättest. Schon am ersten Tag fiel mir auf, daß Sarah dir ihren hausgemachten Wein aus einer anderen Flasche einschenkte als ihr und mir. Also tauschte ich unsere Gläser aus. Und prompt war ich in dieser Nacht krank. Ich hatte genau die Symptome, die ich erwartet hatte.«

»Das war mutig von dir.«

»Ja, nicht wahr? Allerdings war ich überzeugt davon, daß das Ganze langfristig angelegt war. Es sollte allgemein bekannt werden, daß du ein ›schwaches Herz‹ hast, damit Henri bei deinem Tod ohne weiteres den Totenschein ausstellen konnte. Obwohl du Henri völlig vertraut hast, hatte er offenbar schreckliche Angst davor, daß ein anderer Arzt hinzugezogen werden könnte. Wenn jemand auch nur den leisesten Verdacht gehegt hätte, daß Gift im Spiel war, dann wäre er zweifellos verdächtigt worden. Also verwendeten sie unterschiedliche giftige Pflanzen, nur für den Fall, daß jemand die Symptome von Digitalis erkannte. Deshalb experimentierten sie mit vielen verschiedenen Arten. Selbst so etwas Simples wie Akelei kann Atemprobleme verursachen, wenn auch nur für kurze Zeit.

Aber auch psychologisch leisteten sie ganze Arbeit. Jedesmal, wenn du nach Hause kamst, fragte Sarah dich, ob es dir besser ginge. Du hast wahrscheinlich an einen Hyperventilationssyndrom gelitten, und das wird durch Streß verursacht. Wenn du zu schnell atmest, weil du erwartest, außer Atem zu geraten, sobald du einen Hügel hochsteigst, dann fehlt es dir an Kohlendioxyd, nicht an Sauerstoff. Und je schneller du atmest, desto schlimmer wird es. Legst du dann die Hände vor den Mund und atmest hinein, führst du wieder Kohlendioxyd zu und löst so die Panik.«

»Meinst du, ich war überhaupt nie krank?«

»Jedenfalls nicht unheilbar krank, wie du immer geglaubt hast. Natürlich warst du nicht gesund. Schließlich haben sie dich mit vielen verschiedenen Giften vollgepumpt. Aber deine Anfälle von Atemnot wurden durch Panik hervorgerufen.«

»Also bin ich, abgesehen von den Giften, in Ordnung?«

»Ja. Ich dachte, du hättest gemerkt, daß Jaques und ich einen Plan ausgeheckt haben, um dich für ein paar Tage von zu Hause fernzuhalten, damit du dich erholen kannst.«

Ich errötete.

»Ich habe mich tatsächlich besser gefühlt.«

»Das glaube ich gerne, du geiler Kerl.«

»Ich will mich ja nicht beklagen – aber gab es wirklich keine andere Möglichkeit, mich von Sarah und Henri fernzuhalten? Warum hast du mir all diese göttlichen Mädchen geschickt?«

»Das ist genau die Art von Humor, die Jaques gefällt. Ich habe mich ihm anvertraut und ihm gesagt, ich hielte deine Anfälle für streßbedingt. Er wollte sofort den Beweis dafür sehen. Das war vielleicht ein bißchen herzlos von ihm, aber es funktionierte wirklich hervorragend. Besonders auf Pierres Party. Jaques hat sich dir gegenüber wie ein guter Freund verhalten, was du auch immer von ihm denken magst.«

Mir fiel ein, wie wütend ich auf ihn gewesen war, als er sich an Michelle ranmachte. Ich hatte seine Motive falsch eingeschätzt. Es war um mich gegangen, nicht um Michelle.

»Ich kann ihm verzeihen.«

»Wahrscheinlich hätte es auch einen anderen Weg gegeben, um dich abzulenken, aber ich sah noch einen weiteren Nutzen.«

»Welchen?«

»Erziehung.«

»Sexualkunde?«

»Nein, nicht ganz. Überleg doch mal, wie du warst, als ich kam.«

»Ich weiß nicht. Nervös? Unerfahren?«

»Ja, aber da war auch noch etwas anderes.«

Sie schwieg.

»Nun sag's schon.«

»Du warst einfach ein Schwächling. Du hast zwar alles widerspruchslos akzeptiert, was dir der Arzt oder eine andere Autorität gesagt hat, aber du konntest keine Kritik und keinen Kommentar von Freunden deines Alters vertragen.«

Ich schmollte ärgerlich.

»Das stimmt doch, oder? Als ich angekommen bin, hättest du nicht im Traum daran gedacht, einen Joint zu rauchen. Und du warst auch ein schrecklicher Snob. Du mußtest erst umgepolt werden, und ich glaube, das ist uns gelungen.«

Um ihr etwas entgegenzusetzen, betätigte ich mich mit einem Finger zwischen ihren Schenkeln. Überrascht preßte sie die Muskeln zusammen.

»Hey, das ist gemein. Laß das!«

»Ich wollte dir nur zeigen, was ich für ein Schwächling bin.«

»Jetzt bist du es ja nicht mehr. Aber du hast gerade den Beweis dafür geliefert, was ich gesagt habe. Noch vor einer Woche hättest du so etwas nicht gemacht.«

»Und dieses neue, aufsässige Ich scheint dir eine Verbesserung zu sein, oder?«

»Ich beginne das zu bezweifeln. Wenn du schon an mir herumfummeln mußt, warum machst du dann nicht etwas Nettes?«

»Was zum Beispiel?«

»Mir den Rücken kratzen.«

»Wie langweilig. Wo? Hier?«

»Ein bißchen höher. Ja, das ist gut.«

»Du bist nur auf Vergnügen aus. Aber ich bin froh, daß du hier bist. Da fällt mir gerade ein – warum hat Sarah dich eigentlich eingeladen? Es war ja ihre Idee, nicht meine.«

»Ich denke, ich sollte die Hinrichtung vornehmen.«

»Was?«

»Ihr Plan hätte hervorragend funktioniert. Du hast geglaubt, du seist unheilbar krank. Sie haben dich mit Digitoxin und anderen Giften abgefüllt, damit du wirklich krank warst. Dann mußten sie dir nur noch die endgültige Überdosis verpassen.«

»Und?«

»Der Vorteil bei natürlichen Giften ist, daß du immer behaupten kannst, es sei ein Versehen gewesen, wenn jemand Verdacht schöpft und eine Autopsie anordnet. Es ist allerdings problematisch, von einem angesehenen Arzt aus Versehen vergiftet zu werden. Also luden sie für den Sommer ein naives junges Mädchen ein – mich. Dann sollte ein fingiertes Telegramm sie beide wegholen. Sie würden nur Anweisungen hinterlassen, welche Medikamente ich dir zu geben hätte, wobei sie natürlich sicherstellen würden, daß es die tödliche Überdosis wäre.«

»Aber du warst nicht naiv genug. Deshalb war Sarah auch so aufgebracht, als sie dich zum ersten Mal sah. Du warst nicht mehr die linkische kleine Spielgefährtin, an die sie sich erinnerte. Statt dessen sahst du scharf aus!«

»Wenn das ein Kompliment sein soll, vielen Dank. Ihr wirkliches Pech war jedoch, daß ich Pharmazie studiere.«

»Das hätten sie ja vorher schon herausfinden können.«

»Haben sie aber nicht. Und unser kleines Spiel, dich von zu Hause fernzuhalten, hat sie fertiggemacht. Das Telegramm war wahrscheinlich bereits arrangiert, und plötzlich warst du weg. Kein Wunder, daß Sarah so wütend auf dich war, als du plötzlich wieder auftauchtest. Da hatten sie mich schon als Fehler abgebucht. Also inszenierte Sarah einen Streit, was nicht schwierig war, und schickte mich nach Hause. Ich fuhr aber nur bis zum Bahnhof.«

»Und Madame Prost?«

»Sie paßte ihnen auch nicht. Weil sie nämlich der festen Überzeugung war, daß du schon wieder gesund werden würdest, wenn du nur genug von ihrem guten Essen in den Magen bekämst. Sie glaubte nicht an diese ganzen neumodischen Medikamente. Als sie Sarah in der Küche dabei erwischte, wie sie etwas in irgendeine Suppe tat, die sie für dich gekocht hatte, regte sie sich auf. Also wurde sie entlassen.«

»Woher weißt du das alles?«

»Weil ich sie getroffen habe, als ich vom Bahnhof zurückkam. Zunächst dachte ich, daß möglicherweise sie dir die Überdosis geben sollte, also habe ich auf sie gewartet. Sie war in einem schrecklichen Zustand. Ich habe ihr gesagt, du würdest es auf keinen Fall zulassen, daß man ihr kündigt.«

»Gott sei Dank! Du hast keine Ahnung, wie wütend ich darüber war.«

»Nachdem sie alle im Haus losgeworden waren, blieb ihnen nichts anderes übrig, als eine Krankenschwester zu engagieren. Das war gefährlich, weil sie möglicherweise die Vergiftungssymptome erkennen konnte. Andererseits hatte sie keinen Grund, Dr. Dubois' Anweisungen nicht bedingungslos zu befolgen. Schließlich gilt er hier in der Gegend als Koryphäe. Ich habe mich sehr schwer getan, sie davon zu überzeugen, daß es besser wäre, wenn ich ihre Stelle einnehmen würde. Schließlich mußte Jaques ihr sogar eine Fahrt in seinem Speedboot anbieten! Sie glaubt, er sei in sie verliebt. Aber ich habe jetzt den endgültigen Beweis, daß sie dir die tödliche Dosis gegeben hätte.«

»Du warst äußerst klug! Und ich habe viel Glück gehabt.«

»Warum fummelst du eigentlich schon wieder an meinen Brustwarzen herum? Sie waren gerade wieder auf ihre normale Größe geschrumpft.«

»Ich mag es, wie sie sich aufrichten, wenn ich sie streichle.«

»Du bist pervers, weißt du das?«

»Nein, bin ich nicht. Ich habe nur ein gesundes Interesse am menschlichen Körper – vor allem an deinem.«

»Ich glaube, da unten geht irgend etwas Ungezogenes vor.«

»So? Was denn?«

»Eine Art von Anschwellen. Du würdest nicht schon wieder wollen, oder?«

»Vielleicht doch.«

Ich dachte über all das nach, was mir seit Michelles Ankunft passiert war. Vor allem sagte ich mir immer wieder, daß ich nicht krank war, daß ich nicht sterben würde. Ich dachte an all die wundervollen Dinge, die ich jetzt tun konnte. Schwimmen, Windsurfen, Wandern und Skilaufen. Und die Liebe erfahren. Meine verschiedenen sexuellen Eskapaden kamen mir in den

Sinn. Wie ich mit Solange getanzt, Brigitte gestreichelt, Liv mit Birkenzweigen geschlagen und Marisette eingeölt hatte. Und wie es mir gelungen war, Sylvie mit der Zunge zu befriedigen. Nur eins hatte ich noch nie versucht.

»Michelle?«

»Ja?«

»Ich möchte etwas Besonderes machen.«

»O nein! Irgendeine unaussprechliche Perversion vermutlich. Irgend etwas Zügelloses, das du einem wehrlosen Mädchen antun möchtest.«

»Ja, so etwas Ähnliches. Ich habe noch nie ein Mädchen geküßt. Noch nie.«

»Du armer Kerl! Ich glaube, das können wir ändern.«

Sie beugte sich vor und küßte mich auf den Mund. Ich schlang meine Arme um sie und hielt sie fest. Nie, nie mehr würde ich sie gehen lassen.

»Michelle?«

»Ja?«

»Da ist noch etwas.«

»Und …?«

»Willst du mich heiraten?«

»Natürlich. Ich dachte schon, du würdest mich nicht fragen!«

Das berühmte Hauptwerk des berüchtigten Marquis de Sade

Zwei Schwestern, wie sie gegensätzlicher kaum sein könnten: Juliette und Justine. Während die eine sich dem Laster hingibt, bemüht sich die andere, ein sittsames Leben zu führen – und muß schmerzhaft erfahren, daß im Leben wie in der Natur stets der Stärkere über den Schwächeren triumphiert ...

Marquis de Sade

Justine

Roman